IL SUONO DEL SILENZIO

PHILLIP TOMASSO

Traduzione di
SARA STACCONE

In memoria di Todd Calabrese

CAPITOLO UNO

FINE GIUGNO

Ero malato e non ne avevo idea. Quando lo scoprimmo, era già troppo tardi.

Patrick e io ci eravamo messi a provare qualche lancio nel cortile sul retro. Lui era a un'estremità, sotto un albero, mentre io mi trovavo nei pressi della felce che aveva piantato mia madre. Sapevamo che corrispondeva alla distanza esatta tra lanciatore e ricevitore, perché ci eravamo già allenati diverse volte lì.

Non ci stavamo mettendo troppa forza, dato che il giorno dopo avevamo una partita di Little League e non volevamo disperdere le energie. Siamo sempre stati compagni di squadra, fin da quando giocavamo a T-ball. Che fortuna, eh?

Lui era il ricevitore della squadra, io uno dei lanciatori. Immaginavo che gli allenatori della Batavia Little League non volessero dividere una coppia lanciatore-ricevitore. Una cosa del genere avrebbe potuto rivelarsi devastante, un po' come separare due gemelli.

– Ehi, Mark, hai già preso quel nuovo videogioco di baseball? – mi domandò Patrick.

Avevo capito a quale si riferisse. Era uscito da poco, ma era letteralmente andato a ruba. – Sì, l'ho preso. Mi è costato diverse paghette settimanali, ma credo ne valga la pena. È così realistico, sembra di giocare in una partita vera. Pensa, puoi persino far sputare i giocatori!

– Ma dai.

– Giuro. È fantastico, – risposi. Simulò un lancio alto, a campanile. Mi misi a correre seguendone la traiettoria e lo intercettai.

Per una frazione di secondo, dovetti chiudere gli occhi. Sentii una fitta tremenda alla testa.

– Tutto ok?

Annuii. – La grafica è pazzesca. I giocatori sembrano così reali, ti sembra di giocare con persone in carne e ossa. L'arbitro chiama le palle e gli strike. C'è un suonatore di organo che carica il pubblico a ogni lancio e dopo l'inizio e la fine di ogni inning. I giocatori grugniscono quando scivolano in casa base. Ripeto, è davvero fantastico.

– Lo immaginavo –. Aveva gli occhi fuori dalle orbite e la lingua per poco non gli penzolava da un angolo della bocca. Sapevo cosa voleva sentirsi dire.

– Vuoi andare a giocarci? – Inspirai profondamente, trattenni l'aria nei polmoni per qualche secondo e poi espirai lentamente. Forse avevo bisogno di riposare un po'. Un videogioco sarebbe stato meno stancante.

– Magari... andiamo! – E fece per togliersi il guantone.

– Ehi, ragazzi! – Ci girammo in direzione della voce: appoggiati alla recinzione metallica del mio giardino c'erano Jordan e Tyrone, due nostri compagni di prima media.

Per la prima volta, Tyrone era in squadra insieme a me e Patrick. Di solito giocava in prima o seconda base.

Jordan invece batteva per la squadra ambita da molti di

noi, i Demoli-Joe. Il proprietario, il cui nome era appunto Joe, aveva fatto preparare delle divise bellissime per i suoi ragazzi, che sulla schiena recavano il logo della sua impresa di sfasciacarrozze.

La nostra squadra, invece, era sponsorizzata dalla Sally Capelli. Il nostro simbolo non era niente di speciale: consisteva nel nome "Sally", con un paio di forbici al posto della lettera Y. Bleah! Per fortuna almeno le nostre divise non erano rosa, o roba simile.

La squadra di Joe però non era migliore solo per il nome e lo stile della divisa: aveva anche delle ottime statistiche in attacco e difesa. Anno dopo anno, si confermava come una delle squadre più solide. Noi invece ci vergognavamo anche solo a pronunciare il nome della nostra squadra.

Io e Patrick ci avvicinammo lentamente alla recinzione e salutammo Jordan e Tyrone con una stretta di mano. Io volevo solo tornare in casa, sdraiarmi sul divano e riposare un po' la testa, ma sembrava che il videogioco avrebbe dovuto attendere ancora. – Che si dice?

– Niente di che, – rispose Tyrone. – Il papà di Jordan ci ha portati alle gabbie di battuta.

Guardai Tyrone cercando di non farlo sentire un traditore per essere uscito con Jordan proprio la sera prima dell'incontro. L'ultima cosa di cui la nostra squadra aveva bisogno era che Tyrone, la nostra seconda base, spifferasse i nostri punti di forza e le nostre debolezze a Jordan, un nostro avversario. D'altro canto, lui e Jordan erano grandi amici e passavano molto tempo insieme. Probabilmente non c'era niente di cui preoccuparsi. Come potevo biasimare Tyrone?

Provai a vederla in un altro modo: perlomeno si era allenato in battuta. Per non parlare del fatto che io stesso adoravo andare alle gabbie. Chiunque giochi a baseball adora andarci. Trattandosi di strutture al chiuso, ci si può allenare senza stare al freddo o sotto la pioggia. Si indossa il caso, ci si chiude nella gabbia assegnata e, dopo aver inserito una moneta per far partire la macchina, si colpiscono palle perfettamente calibrate finché le braccia non invocano pietà. Esiste forse di meglio?

– Figo, – dissi. – E com'è andata?

Tyrone fece spallucce. – Io me la sono cavata, Jordan invece ha spaccato. Su cinquanta palle ne avrà mancate al massimo cinque!

– Niente male –. Non era decisamente quello che volevo sentire.

Il coach aveva stabilito che sarei stato il lanciatore partente per l'incontro del giorno dopo, ed ecco che il mio compagno di squadra mi tranquillizzava dicendomi quanto fosse forte uno dei battitori avversari. Ma se non fosse stato Tyrone a farlo presente, ci avrebbe pensato Jordan: vantarsi era uno dei suoi hobby.

Il sudore mi imperlava la fronte: forse solo un po' di nervosismo prepartita. Era un peccato che Jordan non giocasse nella nostra squadra: un buon battitore faceva sempre comodo. Ma così non era, dunque adesso era ancora più importante portare a casa la vittoria. Se non fossi riuscito a eliminarlo con un triplo strike, me l'avrebbe rinfacciato in eterno.

– Volete fare due tiri? – chiese Patrick.

Lo guardai di traverso. Perché glielo stava chiedendo?

– Nah, – rispose Jordan. – Stiamo andando a casa mia.

– Ci vediamo domani agli allenamenti prima della partita? – chiese Tyrone.

– Cerca di arrivare un po' prima, – risposi, mentre

iniziammo a salutarci con altre strette di mano. – Voglio provare dei lanci nuovi a cui sto lavorando.

Jordan alzò le sopracciglia.

– Forte, – rispose Tyrone. – Allora ci si vede, ragazzi.

E se ne andarono.

Patrick mi lanciò la palla. La presi al volo.

– Lanci nuovi, eh?

– Macché, era un bluff. Volevo solo spaventare un po' Jordan. Dici che ha funzionato?

– A me è sembrato che se la stesse facendo sotto.

Scoppiammo a ridere e ci infilammo di nuovo i guantoni, dimenticando momentaneamente il videogioco.

Senza preavviso, gli lanciai un bolide. Si sentì un fischio nell'aria, che sembrava essersi fatta da parte per far passare la palla, seguito dal soddisfacente schiocco del guantone pronto a riceverla.

– Ehi, amico, questa faceva male –. Patrick si sfilò il guantone e si strofinò il palmo della mano sui jeans. – Non avevamo detto di andarci piano?

– Scusa. È che... beh, Jordan mi ha fatto un po' innervosire.

– Perché? – Mi chiese ripassandomi la palla.

– Perché voleva che sapessi che era andato alle gabbie.

– Pensi che te l'abbia detto per metterti paura?

– Sì. Ne sono sicuro –. Gli rimandai la palla di forza.

– Sa che sei tu a lanciare domani?

– Gliel'avrà detto Tyrone, tanto stanno sempre insieme, no? – Era indifferente: Jordan l'avrebbe comunque scoperto il giorno dopo, appena iniziata la partita. Ma l'opportunità di saperlo in anticipo era probabilmente il motivo per cui aveva deciso di fare un salto e mettermi pressione, o quantomeno provarci.

– Ah. E allora? – Disse Patrick.

– È un ottimo battitore.

– E tu sei un ottimo lanciatore. Non hai niente da temere. Oltretutto, se domani lanci così, Jordan non ne prenderà mezza.

Mi scappò un sorriso all'idea. – Ma se alle gabbie le prendeva quasi tutte...

– Figuriamoci. Si sarà allenato con quella macchina che le tira lente. Chi mancherebbe una palla che gli arriva al rallentatore? Hai una pistola al posto del braccio, la palla è il tuo proiettile. Domani farà un liscio dopo l'altro.

– Dici?

– Fidati.

Con la coda dell'occhio vidi mia madre aprire la finestra della cucina. – Mark?

Alzai gli occhi al cielo. Patrick si fece una risata.

– Sì?

– Ha appena chiamato la madre di Patrick. Deve tornare a casa per cena.

Lo guardai. – Stiamo pensando la stessa cosa?

– Puoi contarci.

– Mamma, può restare a cena con noi stasera?

– Per me non ci sono problemi. Richiamo sua madre, – disse lei. – Tra l'altro è quasi pronto. Perché non tornate dentro e andate a lavarvi le mani? – Aggiunse richiudendo la finestra.

– Va bene, – gridai. Iniziammo a correre verso casa battendoci il cinque. – Ehi, che ne dici di fare una partitella a quel videogioco dopo mangiato?

– Ci sto! – Rispose Patrick.

– Muoio di fame –. Mi strofinai la pancia.

– Anch'io –. Mi lanciò un sorrisetto di sfida. – Gara a chi arriva prima!

Ci lanciammo verso casa come due ghepardi affamati che puntavano la stessa preda.

Vinse lui. Io fui costretto a fermarmi a pochi metri dalla fine. Dopo quella breve corsa, sembrava che la testa stesse per scoppiarmi da un momento all'altro.

CAPITOLO DUE

"INTENSA" NON ERA L'AGGETTIVO APPROPRIATO PER descrivere la pressione che mi sentivo addosso. Era la fine del nono inning e ci trovavamo in vantaggio di un punto, tra l'altro combattutissimo. I Demoli-Joe erano alla battuta con due out, ma il loro corridore sulla prima base aveva appena rubato anche la seconda. Jordan era al piatto con un bilancio di tre ball e uno strike.

Mentre mi preparavo al tiro immaginavo di essere Hoyt Wilhelm, il primo lanciatore di rilievo inserito nella Hall of Fame nel 1985, un giocatore di cui sapevo tutto grazie a mio nonno. Pur avendo solo dodici anni, ero certo di conoscere lui e le sue gesta meglio di qualsiasi adulto che si definiva appassionato di baseball. Quando mi sentivo alle strette immaginavo sempre di essere Wilhelm, che nella sua carriera ventennale aveva giocato più di mille partite. Così facendo riuscii a concentrarmi ignorando le provocazioni degli avversari, le urla provenienti dagli spalti gremiti e il dolore martellante che mi dilaniava la testa, iniziato più o meno all'inizio del terzo inning.

Jordan indietreggiò dal piatto, concedendomi un

momento per cercare di allentare il doloroso crampo che mi tormentava la nuca e ponderare sul prossimo lancio. Non tradiva il minimo accenno di nervosismo. Perché avrebbe dovuto esserlo? Era in vantaggio. Agitò la mazza un paio di volte per riscaldarsi per poi darsi un paio di colpetti sotto le suole degli scarpini. Tornando sul piatto, assunse la posizione perfetta: gambe divaricate circa quanto le spalle, gomiti alti e testa in dentro. Sembrava scalpitare per il prossimo lancio tanto quanto me. Qualche metro più in là, il ragazzo in seconda base saltellava compiaciuto come se fosse pronto ad accaparrarsi anche la terza.

Abbassai la testa in modo che la visiera del berretto mi proteggesse gli occhi dalla luce del sole. Avevo giocato molte partite sotto il sole battente, ma oggi la cosa mi stava dando parecchi problemi. La luce mi risultava fastidiosa, a tratti perfino dolorosa, facendomi pulsare insistentemente gli occhi.

Non c'era niente che potessi fare per proteggere il mio corpo dal calore del sole. Ogni mio singolo poro grondava di sudore, soprattutto la parte della fronte a contatto col berretto. Alcune gocce mi finirono negli occhi. Scossi la testa, cercando di lenire la sensazione di bruciore e concentrarmi.

Con il guanto a coprirmi il viso in modo che Jordan non potesse vedermi, presi ad accarezzare la palla, al sicuro nel mio guantone, con la mano destra. Valutai diverse prese mimandole con le dita. Mi ero esercitato nelle prese che mi aveva insegnato mio padre, cercando di abituarmi il più possibile a quelle meno naturali.

Accovacciato dietro il piatto, Patrick mi suggerì il lancio successivo puntando due dita a terra. Una curva. Impercettibilmente, feci di no con la testa. L'ultima volta che avevo tirato una palla curva, Jordan aveva battuto un doppio. Non è che Jordan fosse bravo a colpire le curve, piuttosto ero io a non essere ancora in grado di lanciarne una come si deve. Me la cavavo più che bene con diversi tipi di lancio, ma sulle curve mi stavo ancora esercitando con mio padre.

Le mie dita accarezzarono ripetutamente le cuciture della palla, come si fa con il pelo particolarmente vellutato che i cani hanno dietro le orecchie. Quel gesto mi aiutò a rilassarmi.

Patrick allora mi suggerì una screwball: una palla curva inversa, che ha uno spin molto strano e solitamente impreve-dibile. Dato che già non ero in grado di tirare palle curve, non mi sarei mai arrischiato a provare una screwball. Non volevo concedere base ball a Jordan. A quel punto, tanto valeva fargli battere un altro doppio.

Scossi di nuovo la testa. Sapevo cosa fare.

Quando Patrick puntò un dito a terra, per poi darsi uno schiaffetto all'interno della coscia, annuii in segno di assenso: una dritta con cambio. Mio padre e io l'avevamo provata per diverse ore.

Sentivo solo gli applausi e gli scherni del pubblico dagli spalti. Normalmente, sentirli urlare il mio nome era come musica per le mie orecchie. Normalmente, far finta di essere Wilhelm e giocare in uno stadio della Major League, nell'ul-timo inning della finale delle World Series, rendeva le partite molto più eccitanti.

Ma in quel momento, volevo solo finire il prima possibile.

Non vedevo l'ora di tornare nel nostro dugout e godermi l'ombra fresca della piccola tettoia in legno, ma mi sforzai di non affrettare i tempi. Mi guardai di nuovo alle spalle. Il corridore in seconda base era in vantaggio, pronto a scattare per aggiudicarsi anche la terza. Avrei potuto lanciare la palla a Tyrone in seconda e sperare che riuscisse a eliminarlo con una toccata.

Ma una tattica simile avrebbe potuto anche ritorcercisi contro. Il corridore avrebbe potuto scattare verso la terza base e farcela. Non potevamo assolutamente permettercelo, non con un battitore capace di fare un fuoricampo con il tiro giusto... o con quello sbagliato, a seconda del punto di vista.

Feci un respiro profondo per calmare i nervi, tenendo la palla saldamente nel palmo della mano. Mi caricai per il lancio ma all'ultimo secondo, appena prima di rilasciare la palla, sollevai le due dita superiori.

La palla prese velocità, dirigendosi verso il guanto del ricevitore. Proprio nel momento in cui Jordan fece per ribattere con una potenza sufficiente per mandare la palla fuori dal campo, questa deviò leggermente verso l'alto. Non l'aveva presa. Con un sonoro schiocco, la palla si era conficcata nel guantone di Patrick!

Strike due.

Dagli spalti partì un boato, in cui erano mischiati applausi e fischi. Il mio cuore batteva talmente forte che credevo di svenire.

Feci un altro respiro profondo e guardai verso le gradinate che costeggiavano la prima linea di base, dove sedevano i miei genitori e la mia sorellina di otto anni, Brenda. Si sbracciarono per salutarmi. Mio padre si mise le mani intorno alla bocca. – Ancora uno, Mark! Dritto nel guanto di Patrick! Forza, ne manca solo uno!

Tre ball. Due strike. Conto pieno.

Stai calmo. Resta concentrato.

Inspirai, trattenni il respiro per un momento ed espirai lentamente.

Segnalai il lancio successivo toccando la tesa del berretto con la palla. Patrick annuì. Una dritta. Non era il momento di prendere rischi inutili. Inizialmente avevo pensato a una knuckle ball, ma sono difficili da lanciare e ancor più difficili da prendere. Con un lancio pazzo, invece, il tipo in seconda probabilmente avrebbe rubato la terza e la casa base, mettendo fine alla partita. Una dritta era la scelta più sensata.

Di nuovo caricai, lanciai e guardai la palla sfrecciare in aria. Jordan colpì.

Per un breve momento fui convinto di aver visto e sentito la mazza impattare la palla. Ma una volta compreso cosa fosse realmente accaduto, il cuore prese a battermi all'impazzata.

Il suono che avevo sentito in realtà era quello della palla che approdava ancora una volta nel guantone di Patrick, insieme al fruscio della mazza andata di nuovo a vuoto. Terzo strike.

Iniziai a saltare sul monte e Patrick fece lo stesso da dietro il piatto, ma dovetti placare subito il mio entusiasmo. Mi sembrò come se il cervello stesse per uscirmi dagli occhi. Provai a raddrizzarmi, ma mentre i miei compagni di squadra si precipitavano a raggiungermi, tutto davanti a me iniziò a ondeggiare.

– Ben fatto, Mark!

Jordan si diresse alla panchina con il resto della sua squadra, lo sguardo fisso a terra.

I ragazzi mi stavano riempiendo di pacche sulla schiena e colpetti sulla testa per congratularsi. Li sentii tutti, soprattutto perché intensificarono la sensazione martellante che mi attanagliava la testa.

– Che lanci pazzeschi, Mark! – L'allenatore mi cinse le spalle con un braccio.

– Grazie –. Provai ad abbozzare un sorriso, ma improvvisamente iniziai a sentire molto caldo, come se stessi per prendere fuoco da un momento all'altro.

– Mark?

Annuii solo leggermente, perché la testa ormai si era fatta talmente pesante che a malapena potevo muoverla. Mentre facevo di tutto per mantenere la messa a fuoco, le mie gambe cedettero di colpo. Di fronte a me ora c'era solo nebbia. Volsi leggermente lo sguardo verso terra, e prima che potessi dire qualcosa entrai violentemente in contatto con l'erba.

Per una frazione di secondo il mio campo visivo si riempì di caviglie e scarpini. Poi si fece tutto buio.

CAPITOLO TRE

– MARK! MARK! CHE SUCCEDE? – PATRICK MI PRESE per le spalle mentre mi sforzai di riaprire gli occhi. Agitai una mano per allontanarlo. Che bisogno c'era di urlare tanto? Sentii lo stomaco contorcersi, e capii che avrei rigettato davanti a tutti.

– Scansati! – Mi piegai leggermente su un fianco, e i muscoli delle spalle e delle braccia divennero di pietra mentre venni assalito dai primi conati. La gola mi bruciava da morire, la testa continuava a pulsare senza sosta. I raggi del sole erano come lame di fuoco conficcate nei miei occhi, quindi chiusi le palpebre e provai a concentrarmi sul riprendere fiato.

Quando pochi istanti dopo le schiusi nuovamente, papà e mamma erano inginocchiati al mio fianco. La mamma mi massaggiava delicatamente la schiena. – Pensi di aver finito, Mark?

Feci di sì con la testa. – Sto bene.

Lei mi sentì la fronte. – Scotti.

Mi rimisero in piedi, mamma da un lato e papà dall'altro, e ci avviammo verso la macchina. Tenni la testa bassa e gli occhi chiusi. Non potevo fare molto, a parte cercare di non inciampare. Le punte dei miei piedi lasciarono delle leggere scie del loro passaggio prima sul diamante, e ora sulla ghiaia del parcheggio.

Con l'unica mano libera, papà estrasse la chiave della macchina e la aprì. – La accendo così posso far partire l'aria condizionata.

– No, papà, per favore. Ho freddo –. Tremavo visibilmente, tanto che mi battevano i denti e avevo la pelle d'oca.

– Freddo? – Ripeté sorpresa mia madre.

– Cioè, dobbiamo anche farci il viaggio in macchina con l'aria spenta? – Piagnucolò Brenda. – Ci saranno quaranta gradi oggi. Là dentro anche cinquanta.

– Sali in macchina, Brenda, – tagliò corto papà. – Puoi abbassare il finestrino.

La sua voce era piuttosto infastidita. Se non mi fossi sentito tanto male, le avrei dedicato il solito sorriso che solitamente la mandava su tutte le furie.

– E va bene. Almeno non sentirò questa puzza di vomito, – ribatté Brenda incrociando le braccia.

– Mettiti davanti, vicino a papà. Io starò con Mark.

Non mi importava chi si sarebbe seduto dove. Ero solo sollevato di essere in macchina e non in ginocchio a vomitare l'anima sotto gli sguardi incuriositi di mezza città.

Papà fece manovra per uscire dal parcheggio. Per qualche istante non volò una mosca. Ne fui sollevato.

La mamma mi passò un braccio intorno alle spalle. – Come ti senti?

Di solito mi innervosivo quando me lo chiedeva, ma in quel momento le sue premure erano più che gradite. Non c'era posto più sicuro al mondo.

La testa continuava a farmi un gran male. Ogni fibra del mio corpo sembrava urlare. Tenere gli occhi aperti sembrava impossibile; anche chiudendoli, la luce era sempre troppo forte. – La luce mi fa male agli occhi.

– Non c'è nessuna luce accesa –, mi fece presente papà. – Vi arriva la luce del sole dai finestrini?

– Un po' –. La risposta della mamma era piuttosto debole. – Mark, tesoro, c'è altro che ti fa male?

– Tutto. Credevo che il forte mal di testa iniziato durante la partita fosse dovuto all'adrenalina accumulata. Ma adesso... adesso credo di avere l'influenza. Sento dolori ovunque e muoio di freddo –. Non riuscivo a smettere di tremare.

– Chiamo il dottore –. La mamma iniziò a frugare nella borsetta, probabilmente alla ricerca del cellulare.

– Ah, fantastico! – Si lamentò Brenda. – Beccarmi l'influenza all'inizio dell'estate è proprio quello che mi serviva.

– Brenda, – tuonò papà. – Smettila.

Mia madre mi accarezzò teneramente il viso. – Mark? Mark?

– Eh?

– Ti stavi addormentando. Resta sveglio, ok? Resta con me –. Appena iniziò la telefonata, la voce preoccupata della mamma si fece estremamente ferma ed esigente. – Pronto? Sì. Sono la signora Tanner, la madre di Mark. Ho bisogno di parlare con il dottor... assolutamente no! Non mi metta in attesa. Ho bisogno di parlare immediatamente con il dottor Davis. È un'emergenza.

Non potevo credere a cosa stesse succedendo. Appena dieci minuti prima ero stato l'artefice della vittoria della mia squadra di baseball ed ero pronto per andare a prendere un gelato e festeggiare con i miei amici. Ora il mio unico pensiero era tornare a casa, mettermi sotto le coperte e avere mamma e papà a prendersi cura di me.

– Eravamo alla partita di baseball di mio figlio, poi ha

iniziato a vomitare. Dice che gli fa male la testa. No, non ho misurato la febbre – mi sentì di nuovo la fronte – però è sempre più caldo. Sembra stia andando a fuoco –. Dopo alcuni momenti di silenzio, la mamma aggiunse: – Sì, esatto, la luce gli dà fastidio agli occhi e sembra letargico.

Letargico. Avevo già sentito quella parola. Cosa significava?

– Il dottor Davis vuole che lo raggiungiamo in ospedale, – riferì la mamma a papà mentre chiudeva la chiamata.

La parola "ospedale" avrebbe dovuto essere sufficiente per farmi drizzare sul sedile, ma le mie palpebre erano di piombo e non avevo la forza di lottare per riaprirle. Non avevo la forza di fare alcunché.

– Ospedale? Mamma, che cos'ha Mark? – Brenda chiese disperata mentre intorno a me iniziò ad aleggiare un opprimente silenzio.

Schiusi brevemente le palpebre. Papà mi aveva preso per le braccia e mi stava tirando fuori dalla macchina.

– Papà? – Avevo la gola secca e la schiena mi faceva male come se Brenda mi avesse preso a calci senza sosta per un'ora. Non ero nemmeno sicuro di poter stare in piedi. – Papà, non mi sento bene.

– Lo so, Mark. Stai tranquillo –. Mi prese in braccio e mi accorsi che aveva il fiatone. Poi iniziò a correre, e il mio corpo inerte prese a sobbalzare al ritmo della sua andatura.

– Devo vomitare.

Si fermò, mi mise in ginocchio e mi poggiò una mano sulla schiena. – Resisti, ometto.

Le porte si spalancarono. Mamma e Brenda corsero verso di me, seguite da un grosso uomo di colore con un camice bianco che spingeva una sedia a rotelle.

– Facciamolo sedere qui – disse, aiutando poi mio padre a sollevarmi e sistemarmi sulla sedia a rotelle.

L'uomo mi sospinse di corsa all'interno del pronto soccorso, seguito da vicino dalla mia famiglia.

– Mamma? – Sentii un residuo di bile, mescolato alla mia saliva, gocciolarmi lungo il mento. Mi pulii come potevo col dorso della mano. – Mamma?

– Sono qui –. Mi prese la mano e la strinse: quel suo gesto mi fece sentire meglio, come se potesse proteggermi.

– Lo dobbiamo portare dentro, – disse l'uomo. – Solo uno di voi può entrare con lui.

La mamma si inginocchiò accanto a me. – Chi vuoi che venga con te?

– Mamma – mormorai. – Che mi succede? – Ero sull'orlo del pianto, ma cercai di trattenere le lacrime. Mi sentivo talmente male che pensai di essere vicino alla morte.

– Vai tu con lui – disse papà.

– Mark... – disse Brenda debolmente, il viso solcato dalle lacrime. Abbozzai un mezzo sorriso prima che l'uomo mi spingesse attraverso una serie di porte automatiche.

All'improvviso tutto iniziò a girare vorticosamente. Forme e colori divennero impossibili da distinguere. Sentii due uomini sistemarmi su un letto, tra fredde lenzuola, e poco dopo una donna in uno strano pigiama celeste mi conficcò un ago nel dorso della mano, strappandomi un urlo.

Qualcuno mi strinse la mano. Era la mamma, che non lasciava il mio capezzale.

– Non riesco a tenere gli occhi aperti –. Il mio stomaco gorgogliò minacciosamente. Forse stavo per rigettare un'altra volta. La mia bocca implorava per un sorso d'acqua.

– Resta sveglio, tesoro. Non credo sia il caso di addormentarsi.

Non ero sicuro di avere scelta.

CAPITOLO QUATTRO

Sapevo di essere in ospedale, ma mi sembrava di essere stato catapultato in un sogno bizzarro e contorto. Sentivo caldo, poi freddo, poi di nuovo caldo e così all'infinito. Ogni parte del mio corpo faceva male o pulsava insistentemente.

Ogni volta che aprivo gli occhi intravedevo volti scuri e indefiniti galleggiare sopra di me. A volte erano mamma e papà, a volte Brenda. Le altre figure, probabilmente, erano i dottori e le infermiere. Era quando aprivo gli occhi e non vedevo nessuno che mi sentivo solo e spaventato, nel buio di quella stanza estranea.

Una parola continuava a riecheggiarmi nella mente: l'avevo sentita pronunciare più volte dalle persone intorno a me, a volte a voce alta, ma per lo più sottovoce. *Meningite*.

A volte il sogno si trasformava in un incubo. I mostri attaccavano, mordendomi e pungendomi le braccia. A un certo punto, mentre ero raggomitolato, sentii una stilettata in fondo alla schiena, vicino al sedere. Il dolore mi attraversò il corpo come un incendio che mi percorreva la spina dorsale.

Per buona parte del tempo il mio corpo sembrava prosciugato, come se tutto il mio sangue fosse stato succhiato via lasciando un cumulo di ossa pesanti ricoperte da un involucro di pelle rugosa e cadente.

Quando mi risvegliai, il sole filtrò copioso attraverso la finestra della mia stanza d'ospedale. Poco distante, un tavolino era invaso da fiori, palloncini e cesti di frutta sistemati alla rinfusa. Mamma dormiva in una poltroncina vicino alla finestra. Era rimasta qui tutta la notte?

– Mamma?

Qualcosa non andava. Non riuscivo a sentire il suono della mia voce. Il mio cuore prese a battere forte contro la cassa toracica.

Non riuscivo a sentire il suono della mia voce.

– Mamma? – Riprovai.

Niente. Non sentivo nulla.

Avevo parlato con qualcuno da quando ero arrivato in ospedale? Non ne ero sicuro, era tutto così confuso. Mi sentivo ancora molto stanco e debole. La mia gola, ormai inutilizzata da diverse ore, era secca e indolenzita. Forse stavo ancora dormendo ed ero nel bel mezzo di un altro sogno un po' strano.

Provai di nuovo. –Mamma? Mamma, mi senti? Mamma?

Si svegliò di soprassalto e saltò in piedi per precipitarsi al mio fianco, facendo cadere a terra il cuscino su cui stava riposando. Potevo vedere le sue labbra muoversi. Sorrise, pianse in silenzio e mi passò le dita tra i capelli. Pensava che potessi sentirla. Non poteva immaginare che non avessi sentito una parola di ciò che aveva detto.

Ficcai un dito in ogni orecchio in cerca di batuffoli di cotone, tappi per le orecchie, o qualsiasi cosa in grado di bloccare i rumori esterni, ma non trovai nulla. Se non fossi stato così esausto, mi sarei fatto una risata. Che stava succedendo?

– Mamma? – Era un test. Ero certo di star parlando, perché avvertivo le vibrazioni delle mie corde vocali risuonarmi nella gola e nella bocca.

Ancora silenzio.

Lei si allontanò lentamente dal letto, come se d'improvviso alle mie spalle fosse comparso qualcosa di terrificante. Le sue labbra continuavano a muoversi, ora più velocemente. I suoi occhi si spalancarono mentre il resto del suo viso si contrasse in una smorfia, simile a quella che faceva quando vedeva un ragno sul ripiano della cucina, ma ancora non riuscivo a sentire una parola di quello che diceva.

– Non ti sento. Non riesco a sentirti –. Cercai di sedermi, ma le vertigini mi fecero ricadere contro i cuscini. – Mamma! – Stavo per cadere dal letto. Afferrai una sponda del letto aggrappandomici come se la mia vita ne dipendesse.

Lei, visibilmente in preda al panico, cominciò a schioccare le dita a pochi centimetri dal mio viso. Scossi di nuovo la testa. – Non lo sento.

A quel punto la mamma corse verso la porta e si precipitò nel corridoio.

Era come guardare la televisione con l'audio disattivato. Dov'era finito il telecomando? Dovevo alzare il volume, ma non c'era nessun bottone o interruttore nelle vicinanze. Quando mi capitava di nuotare sott'acqua e mi si otturavano le orecchie, mi bastava sgrullare la testa per liberarle e tornava tutto a posto. Mi schiaffeggiai i lati della testa, cercando di espellere qualsiasi cosa mi stesse impedendo di sentire. Nel mentre, mia madre tornò trascinando un dottore per la manica del camice.

CAPITOLO CINQUE

Avevo bisogno di alzarmi, anche se fin da subito capii che sarebbe stata un'ardua impresa. Provai a mettermi seduto sul letto ma la mia testa protestò immediatamente, sciabordando come se nella mia scatola cranica qualcuno stesse agitando un secchio riempito d'acqua solo fino a metà. Persi l'equilibrio e ricaddi all'indietro contro il cuscino.

Sollevare un braccio era come cercare di sollevare la parte posteriore di un'auto. La stanza sembrava girare su se stessa.

Chiusi gli occhi e li riaprii. Mamma mi guardò. Io guardai altrove.

Probabilmente pensava che stessi per cadere dal letto, nonostante fosse provvisto di sponde. Mi sentivo come un uccellino in bilico sul bordo di un nido, a un soffio dal precipizio. Volevo solo stare meglio e andarmene.

Mamma si avvicinò al letto. Le sue labbra si mossero, ma non sentii né i suoi passi, né le sue parole. Improvvisamente, la testa del letto prese a muoversi finché non mi ritrovai in posizione seduta. Per un momento pensai che avesse pronunciato una sorta di incantesimo, e la guardai con stupore. Poi mi mostrò un telecomando bianco collegato al letto, indicando il pulsante che aveva premuto. In tutto ce n'erano quattro, e ognuno recava un'etichetta con il comando corrispondente: testa su, testa giù, gambe su, gambe giù. Terminata la muta spiegazione, sistemò il telecomando vicino alla mia mano. Mi sentivo le guance calde, come se fossi stato troppo vicino a un falò.

In piedi accanto all'altro lato del letto c'era il dottor Green, come lessi dalla targhetta sul suo camice. Era alto e magro, con un'espressione amichevole in volto. I suoi capelli erano un po' in disordine e aveva un lembo della camicia fuori dai pantaloni. Era questo il tizio che si sarebbe preso cura di me? A malapena sembrava in grado di badare a se stesso, ma forse era solo molto occupato.

Il dottor Green mi salutò con la mano, si avvicinò al mio viso e iniziò a muovere le labbra, su cui era stampato un sorriso rassicurante.

Scossi la testa. – Non riesco a sentirla. Non sento niente –. Non riuscire a sentire la mia stessa voce era stranissimo.

Il sorriso del dottor Green si fece ancora più largo mentre si accinse a montare un qualche aggeggio a forma di cono sulla sua piccola torcia per guardarmi l'interno delle orecchie. Almeno così avrebbe visto meglio qualsiasi cosa fosse finita lì dentro e l'avrebbe tirata fuori una volta per tutte, in modo da farmi tornare normale in un batter d'occhio.

Avrei dovuto chiamare Patrick, una volta tornato a casa. Ormai doveva aver già parlato con Jordan ed essere informato su cosa si stesse dicendo in giro riguardo la mia performance.

La mamma prese la mia mano destra nelle sue mentre

parlava con il dottor Green, fissandolo in attesa del suo responso. Speravo proprio che gli stesse facendo la grande domanda: *perché mio figlio non ci sente?*

Il dottor Green continuava ad annuire e a guardarmi sorridente. Per tutta risposta iniziai a tamburellare nervosamente le dita sul letto, frustrato per non poter partecipare alla conversazione. Pensava che sorridendomi a quel modo mi sarei convinto che era tutto nella norma? Non sentirci non è nella norma.

Cosa mi aveva trovato nelle orecchie? Perché non stava usando un paio di pinzette o qualcosa del genere per estrarre qualsiasi cosa fosse bloccata lì dentro?

– Che succede? – Domandai.

Mamma mi guardò con gli occhi spalancati e sorrise a denti stretti. Sembrava spaventata.

– Mamma, cosa sta succedendo? – Non sentire la mia voce era una sensazione terribile. Dovetti chiudere gli occhi e fare un respiro per calmare il tumulto nel mio stomaco. Presto sarebbe tutto finito. Presto sarebbe tutto finito.

Le labbra della mamma si mossero molto lentamente: «Andrà tutto bene». Ma aveva gli occhi umidi e un'espressione affranta.

Non dava affatto l'impressione di credere a ciò che mi aveva appena detto.

Se non ci credeva lei, come potevo farlo io?

Con la mamma pronta a spingermi, mi sedetti sulla sedia a rotelle tenendomi la pancia.

Poco prima mi aveva scritto un biglietto in cui diceva che il dottor Green aveva chiamato un otorino per un consulto urgente. Stavo solo percorrendo un corridoio d'ospedale, eppure mi sembrava di essere sulle montagne russe.

Appena entrati nel suo studio l'otorino, il dottor Allen, ci venne subito incontro e strinse la mano prima a me, poi alla mamma. Guardandomi intorno vidi una scrivania, un divano e alcune opere d'arte alle pareti. A differenza del dottor Green, il dottor Allen aveva i capelli ben pettinati e la camicia nei pantaloni. Tutto sembrava ordinato e al suo posto. In mano teneva una cartellina e un blocco di carta. Ci scrisse sopra per un po', poi lo girò verso di me.

«Mark, dovrai fare alcuni test. Ti metterò seduto davanti a me e ti farò mettere delle cuffie, mentre io lavorerò su un macchinario, girando manopole e premendo pulsanti. Quando senti qualcosa nell'orecchio destro, alza la mano destra. Stesso discorso per il lato sinistro. Ok?».

Con una scrollata di spalle, passai il biglietto a mamma. Avevo già fatto test del genere, non erano niente di che.

Ci condusse in un'altra stanza, grande il doppio del suo ufficio e zeppa di computer, stampanti e attrezzature, con luci che lampeggiavano in ogni dove.

Dopo essermi messo un grosso paio di cuffie sulle orecchie, il dottor Allen iniziò a trafficare con una macchina che si trovava vicino alla sua scrivania. Per quanto mi sforzassi, non riuscivo a sentire nulla. Di certo non il bip che mi aspettavo. Forse un fruscio nell'orecchio destro? Non ne ero sicuro, ma alzai la mano per sicurezza. Poco dopo, un debole sibilo nell'orecchio sinistro mi fece alzare anche l'altra.

– Sento dei fruscii – dissi – in entrambe le orecchie. Vanno e vengono. È quello che dovrei sentire?

Il dottore sorrise e indicò il blocco di carta. «Presta attenzione ai suoni alti e bassi». Quindi stavo sbagliando? Non c'erano suoni alti o bassi, o perlomeno io non li sentivo.

Però avevo percepito quei fruscii... doveva pur contare qualcosa. Probabilmente, una volta spariti quelli, sarei stato in grado di sentire di nuovo.

Il test durò ancora qualche minuto. Una volta terminato mi girai verso mia madre, che fissava senza batter ciglio il dottore intento a prendere appunti.

Anche dopo essermi tolto le cuffie, sentivo ancora quei rumori di fondo. Mi infilai un dito nell'orecchio e lo feci roteare, cercando di liberarmi di qualsiasi strana roba si fosse annidata lì dentro, ma non servì a nulla.

Poi il dottor Allen sorrise e scrisse: «Test della conduzione ossea. Trasmette il suono attraverso l'osso con delle vibrazioni. Non sentirai le vibrazioni. Quando senti qualcosa in una delle orecchie, alza la mano». Mi infilò un auricolare per orecchio e una fascia intorno alla fronte. Mi fece il pollice in su, come a chiedermi se fossi pronto a cominciare.

Gli sorrisi di rimando. – Pronto.

Finito anche quel test, il dottore scrisse di nuovo qualcosa sulla sua cartellina. Poi scrisse sul blocco e me lo porse. «Ora testeremo il parlato».

Non aveva alcun senso: non mi sembrava di avere problemi a parlare. O forse no? Stavo biascicando le parole? – Sto parlando in modo strano? – Mamma mi strinse la mano.

Il dottor Allen scosse la testa e scrisse ancora: «No. Non il TUO parlato. Dobbiamo capire se puoi sentire gli altri parlare. Pronuncerò una parola di due sillabe davanti a un microfono. Tu non devi dire nulla, ok?».

Rimasi lì seduto con gli occhi chiusi per diversi istanti, aspettando questa fatidica parola. – Quando inizia il test? – Chiesi alla fine, riaprendoli.

Vidi il dottore scribacchiare ancora sui suoi appunti, per poi passare al blocchetto e mostrarmelo. «Fatto».

Fece un cenno con la testa e sorrise. Se lo stava facendo per confortarmi, di sicuro non ci era riuscito. Ero confuso. Quindi non avevo superato il test? Aveva detto cose che non avevo sentito e il test era finito? Non potevo fare a meno di sentirmi come se avessi appena fallito miseramente.

Il dottor Allen mi si avvicinò e mi diede una pacca sulla schiena. Si inginocchiò di fronte a me, senza mai smettere di sorridere e annuire. Ora in una mano teneva uno strumento sottile con un'estremità rotonda e di plastica morbida, simile a una ventosa, mentre nell'altra il solito blocchetto. «Questa è una sonda che va nell'orecchio. Fammi sapere se senti qualcosa. Aumenterò e diminuirò la pressione dell'aria».

Diedi un'altra alzata di spalle. Facesse pure quello che doveva. Aumentare e diminuire la pressione dell'aria? Come se ne capissi qualcosa. Rimasi seduto dov'ero mentre il dottore scriveva sul suo computer. Ogni tanto, a intervalli regolari, alzava lo sguardo verso di me e tornava a scrivere. Una stampante sputava una serie di grafici su diversi fogli di carta collegati tra loro. Mi incantai a guardarli, mantenendo però l'orecchio teso, aspettando questi aumenti e diminuzioni della pressione dell'aria di cui parlava il dottore, chiedendomi il senso di tutto ciò.

Quando tutti i test finalmente giunsero al termine, il dottor Allen disse qualcosa alla mamma, poi scrisse sul suo blocco: «Torniamo subito». Li seguii con lo sguardo mentre lasciavano la stanza, cercando di sorridere, ma chi stavo prendendo in giro? Non avevo sentito un accidente per tutta la durata della visita, a eccezione di quei fruscii che continuavano ad andare e venire anche dopo aver tolto il primo paio di cuffie.

Che mi stava succedendo? Ma soprattutto, quanto

sarebbe durato tutto questo? Potevo sopportare di non sentire per una settimana o due. Ma l'estate era appena iniziata, il campionato di baseball pure. Non potevo di certo passare tutta l'estate ridotto così.

Sarebbe stato uno schifo. Davvero uno schifo.

CAPITOLO SEI

Rimasto solo nell'ufficio del dottor Allen, non riuscivo a stare fermo un secondo. Avrei preferito di gran lunga una noia mortale al nervosismo che mi stava assalendo; avevo lo stomaco in subbuglio e l'idea di vomitare un'altra volta non mi allettava particolarmente. Mi strofinai piano la pancia, sperando di calmarmi, e mi guardai intorno.

L'ufficio del dottor Allen aveva un'aria tetra. La scrivania, così come le librerie che si stagliavano su tutte le pareti della stanza, erano di legno scuro. Il monitor del suo computer a schermo piatto era nero, il portapenne era nero, la sedia di pelle dietro la scrivania era nera. Anche le foto delle cascate che teneva incorniciate sulle pareti bianche erano in bianco e nero, private dei loro colori. Libri di varie dimensioni erano sistemati in file perfette sullo scaffale alle mie spalle. Non riuscivo a pronunciare più della metà dei titoli.

Qualsiasi cosa stesse succedendo doveva essere seria. Mi avevano lasciato qui dentro per più di mezz'ora. Cercai di ignorare la paura che mi attanagliava. Era simile alla paura che si prova da piccoli, le prima volte che si sta da soli nella propria stanza: sai che c'è un mostro sotto il tuo letto e ti convinci che se non ti muovi, nemmeno per respirare, allora non ti prenderà.

Niente aveva senso. Doveva esserci una ragione per cui non potevo sentire. Una volta capito cosa si era rotto, l'avrebbero aggiustato. Dopo tutto, era quello che facevano i medici. Aggiustavano le persone malate. Quanto tempo sarebbe passato prima che arrivassero alla soluzione per sistemare me?

Poi c'era Tommy. Tommy viveva nella casa accanto. Un calabrone gli era entrato nell'orecchio e lo aveva punto ripetutamente, facendosi strada sempre più in profondità. Quando tornò dall'ospedale, aveva l'orecchio tutto bendato. Gli chiesi di giocare fuori, ma lui rispose che preferiva restare dentro. Poi aprì la porta con uno spintone e, lanciando un'occhiata dietro di me mi fece entrare di corsa in casa sua, come se pensasse che uno sciame di api stesse per attaccarlo da un momento all'altro. Una volta arrivati in camera sua mi raccontò quanto male avesse sentito e di come i medici avessero dovuto rimuovere il calabrone. Passarono giorni prima che potesse uscire di nuovo a giocare. *Giorni!*

Io però non sentivo alcun dolore. Eppure, c'era qualcosa che non andava nelle mie orecchie, doveva esserci. Volevo solo che i medici trovassero il problema e lo risolvessero, come avevano fatto per il mio amico. L'anno scorso, durante un allenamento, Patrick era stato colpito all'occhio con una mazza da baseball. L'occhio gli si era subito gonfiato ed era diventato tutto blu, rosso e viola. Passò almeno una settimana prima che tornasse a vedere da quell'occhio. Gli rimasero i lividi per quasi due mesi. Parlava ancora dell'infortunio all'inizio di maggio, quando giocammo la nostra prima partita.

La porta dell'ufficio del dottore finalmente si aprì ed entrarono i miei genitori, seguiti dal dottor Allen. Quest'ultimo sorrideva, anche se la sua espressione mi sembrava piuttosto irrigidita. Gli occhi della mamma erano rossi e si stava mordendo il labbro superiore.

– Papà, perché sono qui? – Mi torturai il lobo dell'orecchio. Percepivo solo la gola vibrare e quello strano ronzio, solo leggermente più forte di prima. Se i medici fossero riusciti a eliminarlo, forse sarei stato in grado di sentire di nuovo.

Papà mi fissava. Solo i suoi occhi si muovevano, come se mi stesse guardando da dietro una di quelle maschere di plastica di Halloween. Mamma mi prese la mano, sedendosi sulla sedia accanto alla mia. Mi sentivo le gambe deboli, le ginocchia traballanti. Mi sedetti di nuovo. Papà si avvicinò e si mise dietro di me, poggiandomi le mani sulle spalle. Il dottore fece il giro della scrivania e si sedette sulla grande sedia di pelle nera. L'aria nella stanza sembrava più densa e rarefatta, difficile da respirare. Le domande continuavano ad affollare la mia mente, ma non ero in grado di formularne mezza. E forse sapevo già che non mi sarebbero piaciute le risposte che avrei... "sentito".

Il dottor Davis scrisse sul suo blocchetto. «Hai avuto la meningite».

Alzai le sopracciglia e scossi la testa, come per dire: ah sì? E che cos'è? Non sapevo bene che malattia avessi. Mi era sembrata solo una brutta influenza. Tutto ciò che ricordavo era di essermi sentito male dopo la partita di baseball. Ricordavo vagamente di aver viaggiato in macchina fino all'ospedale e di aver avuto infermiere e dottori che si affrettavano a trasferirmi in un letto del pronto soccorso.

Il dottore ci consegnò alcune pagine spillate. In cima alla prima lessi: "Sito web del Centro per il controllo e la prevenzione delle malattie". In lettere maiuscole c'era scritto: "Cos'è la meningite?". Iniziai a leggere. «Meningite batterica: infezione del liquido del midollo spinale e del liquido che circonda il cervello, di solito causata da un'infezione, può essere grave e può provocare danni al cervello, perdita dell'udito, difficoltà di apprendimento o morte...».

Il cuore iniziò a battermi all'impazzata. – Sto per morire?

Il dottor Allen scosse la testa sorridendo. Stavo davvero cominciando a odiare tutti questi dottori e i loro sorrisi. Premetti la lingua contro il palato e cercai di deglutire, ma non avevo più saliva in bocca. Mi asciugai il sudore dalla fronte e poggiai l'indice sulla parte della dispensa che menzionava la perdita dell'udito. Il dottor Allen arricciò le labbra e annuì.

Non poteva essere vero. Indicai le parole "danno cerebrale". Il dottore stavolta scosse la testa. Come poteva essere così sicuro? Qualcuno mi aveva fatto dei test per quelle cose? Del resto, come poteva essere così sicuro che avessi la meningite? – Come fa a sapere che ho avuto la meningite?

Il dottor Allen girò la pagina al posto mio e indicò la parte superiore del foglio: "Segni e sintomi della meningite". Lessi il primo paragrafo. «Febbre alta, mal di testa e rigidità all'altezza del collo sono sintomi comuni della meningite... altri sintomi possono includere nausea, vomito, sensibilità alla luce...».

Ripensai a come mi ero sentito la sera prima e durante la partita di baseball. Febbre alta, mal di testa, torcicollo, nausea, vomito e sensibilità alla luce. Era esattamente quello che avevo provato. Non mancava nulla.

Il dottor Allen scrisse ancora: «Sei stato in coma per otto giorni».

– Ho dormito per più di una settimana? – Sentii l'aria

abbandonare i miei polmoni in un colpo solo. – Sono stato in ospedale così a lungo? – Quindi non la partita non si era svolta ieri?

Mamma mi mise una mano sulla gamba. Papà, ancora in piedi dietro di me, mi massaggiò le spalle. Ma mi sentivo incredibilmente solo. – Sono quasi morto? – Il dottor Allen fece una pausa prima di annuire.

– Come mai mi sono ammalato? – Mi sentii improvvisamente stanco mentre leggevo la risposta. «Potresti averla contratta da un colpo di tosse o da un bacio. Alcune persone si portano dietro il batterio e non si ammalano mai, ma riescono a infettare le persone con cui entrano in contatto».

– Ero contagioso? Lo sono ancora?

Il dottor Allen annuì. «Eri contagioso, ora non più. Tutta la tua squadra, anche gli allenatori, sono dovuti andare all'ospedale. Sono stati tutti controllati e ad alcuni sono state date delle medicine. Naturalmente anche tuo padre, tua madre e Brenda sono stati visitati. Se fosse successo durante l'anno scolastico, tutti nella tua classe, anche i tuoi insegnanti, avrebbero avuto bisogno di cure. La scuola avrebbe dovuto pulire da cima a fondo il tuo arma-dietto, i banchi e distruggere i libri di testo. La meningite non è uno scherzo».

– Ma ora sto meglio, vero? Voglio dire, non sono più malato, no? Non posso peggiorare di nuovo, vero? Quando tornerò a sentire? – Parlavo senza sosta. Volevo fermarmi, per dare al dottore la possibilità di rispondere, ma non ci riuscivo. Sentivo di iniziare a perdere il controllo. – Sentirò di nuovo. Vero? Papà? Mamma?

Mamma mi strinse affettuosamente la gamba come se cercasse di rassicurarmi, mentre il dottor Allen passò diversi istanti a scrivere nuovamente sul suo blocco. Quando me lo ripassò non avevo voglia di leggere la sua risposta. Volevo che il dottor Allen parlasse, e io volevo sentirlo parlare. Nient'altro. «Non sei più malato e non vedo perché dovresti ammalarti di nuovo. Sei un ragazzo molto fortunato. Non tutte le persone che contraggono la meningite sopravvivono. Lascia che ricontrolli alcuni dei risultati dei tuoi test, va bene?».

– Non me ne importa niente di ricontrollare gli esami –. Probabilmente a quel punto stavo urlando, o così mi sembrava. Sicuramente volevo urlare. – Voglio solo sapere cosa è successo al mio udito!

Il dottor Allen scrisse di nuovo sul suo blocco e me lo porse. Poi disse qualcosa ai miei genitori. Mamma fece un'espressione come se si fosse messa qualcosa in bocca per poi rendersi conto che era un peperoncino. I suoi occhi si spalancarono, le sue narici si allargarono e le sue labbra sembravano incollate l'una con l'altra. Lessi quello che aveva scritto il dottore. «La meningite ti ha provocato una febbre molto alta, e la febbre ha distrutto delle cose chiamate "cellule ciliate" nelle tue orecchie, ossia quelle che ti permettevano di sentire».

Feci uno sforzo immane per riprendere fiato, per mantenere la calma. Non avevo intenzione di piangere, non qui. Non ora. – Che vuol dire? Significa che sono diventato sordo, che resterò così per sempre?

Per un momento sembrò che anche il dottor Allen avesse assaggiato un pezzo di quel peperoncino, ma poi il suo viso divenne completamente inespressivo. Nessun sorriso. Niente occhi spalancati. Si limitò ad annuire.

– Ma non può essere. Io sento delle cose. Sento i ronzii. Vanno e vengono, ma li sento, – spiegai, indicando le mie orecchie. – Forse una volta spariti quelli, potrò tornare a sentire –. Gli occhi dei miei genitori si spalancarono speranzosi insieme ai miei, in attesa della risposta del dottore. Il fatto che sentissi quei ronzii doveva pur significare qualcosa!

Il petto del dottore si alzò e si abbassò, mosso da un pesante sospiro. Tornò a scrivere sul suo blocco: «Quello che descrivi si chiama acufene, un disturbo che provoca un continuo ronzio nelle orecchie. Non sappiamo perché succeda, cosa lo provochi o come fermarlo». Fermarlo? Perché mai avrei voluto fermarlo? Era un suono, dimostrava che potevo ancora sentire! – Quindi sarò in grado di sentire di nuovo, voglio dire, una volta che questo ronzio finirà –. Non era una domanda. Stavo dicendo al dottore cosa doveva succedere.

«Quel suono potrebbe non sparire mai. Ma se lo fa, non significa necessariamente che ti tornerà l'udito». Potrebbe non sparire mai? Assurdo! Non sarei mai stato in grado di sopportarlo all'infinito. Ero in un sogno, anzi no, un incubo. Tutto si muoveva al rallentatore. Era come quando tenti di scappare da un mostro dei sogni, solo che quando guardi giù vedi che i tuoi piedi sono rallentati da una specie di pavimento appiccicoso; diventa sempre più difficile fare un passo avanti, mentre il mostro avanza pericolosamente. E anche se ti rendi conto che è un sogno, ti sembra così reale che sei terrorizzato. Ecco cosa stava succedendo. Stavo sognando. Stavo avendo un incubo molto elaborato. Non c'è niente di cui aver paura. Mi basterà urlare e mi sveglierò!

– Quelle ciglia nelle mie orecchie, ricresceranno, vero? Così tornerò come prima.

«No, non ricresceranno».

Alzai lo sguardo, bocca spalancata, senza fiato.

Lui distolse lo sguardo.

Il mostro stava per afferrarmi per le caviglie.

Così urlai.

CAPITOLO SETTE

Seduto sul letto dell'ospedale, dondolavo le gambe in attesa del fisioterapista.

Il giorno prima, dopo essere stato riaccompagnato in sedia a rotelle nella mia stanza, avevo provato ad andare in bagno, ma anche solo muovere quei pochi passi mi provocò un'incredibile pesantezza alla testa e mi offuscò la vista. Pur essendomi appoggiato al muro, le ginocchia non avevano retto ed ero caduto all'ingresso del bagno. Per tutta la notte e anche stamattina, la mamma aveva insistito per accompagnarmi in bagno ogni qual volta avessi bisogno di andare.

– Dov'è papà? – chiesi. La mamma era in piedi di fianco al letto. Prese il blocco di carta che ormai giaceva fisso sul mio comodino, scrisse qualcosa e poi me lo porse. «Al lavoro. Vorrebbe essere qui con te, ma non può».

Annuii, come a voler dire che capivo. Cioè, sì, lo capivo, ma al contempo lo volevo al mio fianco. Papà costruiva oggetti in una fabbrica; un tempo lavorava in un'altra azienda molto grande, dove aveva un ufficio e una segretaria. Era un manager. Ma l'azienda non ebbe molto successo e dovette licenziare migliaia di persone, tra cui papà. Per molto tempo rimase a casa con noi perché non riusciva a trovare un altro lavoro. Alla fine, era riuscito a farsi assumere in questa fabbrica di componenti per condizionatori. Un giorno l'avevo sentito parlare con la mamma di come fosse costretto a lavorare il doppio per guadagnare la metà rispetto al lavoro precedente. Non parlava molto del suo lavoro. Era palesemente cambiato: quando faceva il manager, ogni giorno tornava a casa sorridente e con una gran voglia di parlare. Ultimamente invece non aveva mai granché da dire. Nonostante ciò, non l'avevo sentito lamentarsi neanche una volta. Sapevo che lo faceva per me e per Brenda.

Il davanzale della finestra era costellato di cesti regalo. Alcuni erano arrivati mentre ero in coma, altri nel corso della giornata di ieri. Mamma mi aveva detto che Patrick e la sua famiglia avevano provato a farmi visita un paio di volte, ma era stato detto loro di rimanere in sala d'attesa. Probabilmente ero ancora contagioso.

Oggi invece avevano finalmente permesso a Brenda di venirmi a trovare. Faceva avanti e indietro per la stanza senza prestarmi molta attenzione; a un certo punto si fermò di fronte a una delle ceste di frutta, prese una grossa arancia e la tenne in mano, come a volermi chiedere se potesse mangiarla o meno. Feci spallucce. Poi con l'indice sfiorò un palloncino blu con su scritto "Guarisci presto!", che prese a fluttuare leggermente.

– Lo vuoi?

Annuì vistosamente.

– Puoi prenderlo.

Slacciò il fiocco che lo teneva ancorato a una delle ceste e poi si sedette sul bordo del letto, mentre la mamma le sbucciava l'arancia.

– Quando potranno venirmi a trovare gli altri? – Era

quasi imbarazzante che il momento più entusiasmante della mia giornata fosse vedere mia madre sbucciare un'arancia.

«Patrick ha chiamato diverse volte, così come altri tuoi compagni di squadra. Hanno chiamato il tuo coach, i nonni...».

Scossi la testa. – Non intendevo quello. Quando possono venire qui? È perché sono stato così male, vero? Hanno tutti paura di me adesso. Pensano che si prenderanno la stessa malattia e diventeranno sordi, non è così?

La mamma scosse la testa.

– Certo, ecco perché non è venuto nessuno a parte te, Brenda e papà. Anzi, nemmeno lui.

La mamma posò l'arancia su un foglio di carta assorbente e tornò a scrivere sul blocco: «Tuo padre deve andare al lavoro. Non possiamo permetterci che perda anche questo posto».

– Dovete pagare per farmi stare qui?

La penna toccò subito la carta, ma passarono diversi istanti prima che venisse scritto qualcosa. «Solo una parte». Poi la mamma alzò lo sguardo.

Era entrata una donna. Sorrideva amabilmente, mostrando denti bianchissimi e salutandomi con la mano. Si fece prestare il blocco dalla mamma. «Ciao, Mark, sono Melody. Ti aiuterò a lavorare sull'equilibrio. Come stai?».

– Io? Benissimo, davvero una favola –. Non sentii in prima persona quanto sarcasmo avessi instillato in quelle parole, ma ci pensò la mamma con una delle tipiche occhiate che mi rivolgeva per rimettermi in riga.

Melody scrisse ancora: «Andiamo a fare due passi».

Non credevo di essere particolarmente in ansia al pensiero di riprovare a camminare da solo; invece, come se avesse capito tutto semplicemente guardandomi, Melody sorrise di nuovo. Mi prese una mano e posò l'altra sulla mia spalla, sorreggendomi mentre scendevo dal letto e mettendomi in piedi. Le mie ginocchia erano come gelatina. Non ero sicuro di avere energie sufficienti anche solo per accennare un passo. Se avessi chiuso gli occhi, mi sarei addormentato così come mi trovavo. Quando credetti di aver riacquistato un minimo di equilibrio, provai a mettere un piede in avanti: sobbalzai rendendomi conto che Melody mi teneva per entrambe le spalle. – Stavo per cadere, eh?

Lei annuì e mi riportò verso il letto. Poi uscì, tornando qualche minuto dopo con un bastone in mano. Lo guardai brevemente e scossi la testa. No, questo no. Melody mi mostrò il blocco, su cui aveva scritto: «Per adesso usa questo».

– Dovrò usarlo per sempre?

«È troppo presto per dirlo». Che razza di risposta era?

Poggiai buona parte del peso sul bastone e provai di nuovo ad alzarmi. Poi feci un passo con la gamba destra e mi passai il bastone nella mano destra: ma presi a sbandare nella direzione opposta, rischiando di cadere. Lasciai andare il bastone e allungai le braccia verso Melody, che mi prese al volo e mi rimise seduto sul letto. Brenda assistette alla scena con un'espressione tra lo stupito e il costernato. Melody raccolse il bastone con la mano destra e lo agitò guardandomi fisso. Poi sollevò e agitò la gamba sinistra, spostandola in avanti contemporaneamente al bastone. Infine, fece avanzare la gamba destra per fare il secondo passo. Ripeté la dimostrazione diverse volte, per poi guardarmi come a voler chiedere: "Capito?". Feci di sì con la testa e Melody mi restituì il bastone. La mamma fece un cenno di incoraggiamento col capo, come a volermi dire: "Coraggio, puoi farcela!". Mi concentrai sul bastone nella mia mano destra, mossi un passo con la gamba sinistra aiutandomi col bastone e conclusi portando avanti anche quella destra. Non caddi. E fin lì, tutto ok. Ma non mi sentii meglio. Il bastone mi aiutava a camminare, ma io volevo farlo senza.

Io e Melody facemmo una passeggiata per il corridoio dell'ospedale. La maggior parte delle stanze era occupata. Ogni volta che passavo davanti a una porta non potevo trattenermi dal guardarvi dentro, ma al massimo riuscivo a scorgere le pediere dei letti e le gambe dei pazienti coperte dalle lenzuola. Il corridoio brulicava di infermiere, malati vestiti con camici celesti come il mio, e chi veniva a far loro visita.

In fondo al corridoio, accanto a una schiera di sedie a rotelle, scorsi il dotto Allen. Mi aveva riconosciuto, glielo lessi in faccia. Spalancò gli occhi e inarcò le sopracciglia all'ingiù. Forse era sorpreso di vedermi in piedi. Mi salutò con la mano.

La fisioterapista gli porse il blocco che si era portata dalla mia stanza. Il dottor Allen scrisse per qualche secondo per poi farmi leggere cos'aveva scritto. «Volevo solo vedere come stavi. Ti ho stampato alcuni opuscoli sull'apparato uditivo, pensavo potessero interessarti». Consegnò i fogli a Melody, che me li mostrò a uno a uno. Tra essi c'era un'illustrazione a colori dell'anatomia dell'orecchio.

– La ringrazio, dottore, ma non so che farmene. Mi ha detto già tutto il necessario: sarò sordo a vita, e ora ho anche bisogno di un bastone per camminare.

E usando suddetto bastone mi allontanai. Non mi girai per vedere la reazione del dottore, né per accertarmi che Melody mi stesse seguendo.

Sudato e accaldato, giacevo nel letto con gli occhi chiusi. Mi sforzavo di immaginare di essere a casa, nella mia stanza tappezzata di poster di baseball, con il mio lettore CD e il mio cane che sonnecchiava a un lato del letto. In un angolo c'erano il guantone e la mazza, e in cima alla cassettiera una marea di trofei.

Ma quando dopo diversi istanti riaprii gli occhi, non era cambiato nulla. Ero ancora in ospedale.

L'orologio digitale segnava le 00:12. Dalla finestra si insinuava una luce soffusa, probabilmente quella della luna. Usando il telecomando, alzai la testa del letto. La mamma dormiva all'angolo, sulla poltroncina reclinabile. Mi aveva detto che dormiva qui tutte le notti, usando la coperta e il cuscino che le aveva dato un'infermiera la prima notte. Nel vederla imbacuccata fino al mento, sentii ancora più caldo e d'impulso mi scoprii allontanando le lenzuola con le gambe. I palloncini, ancora legati al loro posto, ondeggiavano in modo tremolante, segno che almeno l'aria condizionata era accesa.

Ero sorpreso di essere riuscito a prendere sonno. Non solo la notte era calda e afosa, ma la mattina dopo mi avrebbero dimesso. Ero lì dentro già da dodici giorni.

Incrociando le braccia, affondai la testa nel cuscino. Pur volendo andarmene da là, non riuscivo a immaginare come le cose avrebbero potuto migliorare tornando a casa. Che razza di estate mi attendeva? Dove volevo andare con un bastone? Di certo non a giocare a baseball. Sarei mai riuscito a fare di nuovo cose divertenti come andare in bici o correre?

La mia bicicletta... la adoravo. Come avrei potuto salirci se mi serviva un bastone anche solo per camminare? Ma in quel momento la mia bicicletta, abbandonata sul suo cavalletto nel garage, era l'ultima delle mie preoccupazioni. Anche l'estate non dura per sempre.

Cosa avrei fatto alla ripresa dell'anno scolastico?

Quest'anno avrei iniziato il liceo in un nuovo istituto. Non avrei potuto ascoltare i professori. Loro avrebbero parlato per ore, e anche se avessero alzato la voce non avrei potuto sentire né loro, né i miei nuovi compagni o i miei amici – ammesso che ne avevo ancora.

Tutte le ceste e i regali che addobbavano la mia stanza d'ospedale erano un regalo dei miei amici, ma in realtà erano un pensiero da parte dei loro genitori. C'era qualcuno che si preoccupava per me a parte Patrick? O erano tutti spaventati al pensiero di starmi vicino? Temevano tutti di finire come me?

Mi mordicchiai il labbro. Se Patrick si fosse ritrovato nella mia stessa situazione, e io nella sua, avrei continuato a essergli amico? Certo che sì. A meno che non fosse ancora contagioso, ma avrei aspettato tutto il tempo necessario. Una volta che non lo fosse più stato, mi sarei accampato fuori dall'ospedale in attesa di rivederlo. Soprattutto ora che mi ero reso conto che a vedere sempre e solo la propria famiglia ci si annoiava in un battibaleno.

Beh, se nessuno mi voleva più come amico, allora forse non avevo bisogno di amici. Ci voleva ben altro per abbattermi. Ero diventato sordo e avevo bisogno di un bastone per camminare: e quindi?

I fogli che mi aveva dato il dottor Allen erano sparpagliati sul tavolino da letto. Chiusi gli occhi. Inizialmente non avevo voluto degnarli di uno sguardo; erano solo ritagli di un qualche articolo sull'apparato uditivo scaricato da Internet. Quando finalmente decisi di darci un'occhiata, feci fatica a comprenderli, essendo zeppi di termini tecnici incomprensibili. Ma sapevo quale fosse la parte saliente del discorso. La perdita di quelle piccole ciglia aveva compromesso il mio equilibrio, ecco il perché del bastone. Il dottor Allen aveva detto che non sapeva per quanto tempo mi sarebbe servito, che avevo una roba chiamata "vertigine". Quindi la malattia mi aveva lasciato sordo, debole e a malapena in grado di camminare. Davvero rognosa come malattia.

Papà si prese una giornata di permesso per riportarmi a casa. Fui contento di vederlo.

– Dov'è mamma?

«A casa. Sta preparando tutto per il tuo ritorno,» scrisse sul blocco dopo averlo recuperato dal mio comodino. Che voleva dire? Non volevo che si prendessero tanto disturbo solo perché ora ero sordo.

Si mise a raccogliere tutte le ceste di frutta, i biscotti, i fiori e i palloncini e li portò giù nel parcheggio per caricarli in macchina. Io scesi dal letto aiutandomi col bastone, poi feci il giro della stanza per staccare i biglietti di auguri che la mamma aveva affisso alle pareti. Non l'avrei ammesso neanche sotto tortura, ma quel bastone si stava rivelando davvero utile per mantenere l'equilibrio, mentre ero intento a rimuovere tutto lo scotch rimasto attaccato. Mi soffermai a guardare il biglietto su cui Brenda aveva disegnato il nostro cane, Whitney, e poco dopo mi accorsi che papà era tornato. Mi vergognai di essermi fatto trovare a sorreggermi col bastone.

– Non è che ne abbia bisogno.

Papà annuì e provò a sorridermi, ma alla fine distolse lo sguardo. Poi indicò tutti i biglietti impilati sul letto.

«Hai degli ottimi amici,» scrisse sul blocco.

Mi strinsi nelle spalle.

«Dopo esserti cambiato possiamo andare. Serve una mano?».

– Sono sordo, papà, non impedito.

CAPITOLO OTTO

Dopo che papà ebbe parcheggiato nel vialetto, scesi dall'auto aiutandomi con il bastone. Lentamente tutto iniziò a farsi più chiaro. La casa, il giardino, era tutto come sempre. Un fringuello svolazzava con le sue piccole ali, planando e andando poi a posarsi in cima alla cassetta postale sul ciglio della strada. Non riuscivo a sentire il suo canto, né il chiacchiericcio dei quattro ragazzi che passarono di lì sulle loro biciclette. Suoni della vita di tutti i giorni, a cui non avevo mai prestato attenzione prima d'ora. Chiusi con forza la portiera della macchina. Niente.

Uno striscione con su scritto "Bentornato a casa, Mark" era appeso al portone d'ingresso, che pochi istanti dopo si aprì. A precedere la mamma e Brenda c'era Whitney, che si lanciò verso di me. Scodinzolava con un vigore tale da non riuscire a correre in linea retta. La sua bocca si spalancava ripetutamente, ma non riuscivo a sentirla abbaiare.

Mi inginocchiai. Era un labrador di trenta chili, ma lei si credeva un barboncino. Si tuffò sulle mie gambe e mi leccò tutto il viso. Le grattai il retro delle orecchie, e da come prese a battere la zampa posteriore capii che apprezzava il gesto. Le massaggiai la pancia e continuai a farle le carezze sulla testa, finché non ricominciò a riempirmi di baci. – Mi sei mancata, Whitney. Mi sei mancata tanto.

Brenda era seduta poco distante, e ben presto divenne il nuovo bersaglio delle leccate di Whitney. Chiuse gli occhi e arricciò il naso, ma non si scansò. La guardai accarezzare Whitney, e a un certo punto lei guardò me. Dopo aver smesso di fare le coccole al cane, neanche fosse un animale a caccia, fece un balzo e me la ritrovai attaccata al collo. Mi abbracciò talmente forte che quasi mi mozzò il respiro. Ricambiai, e pochi secondi dopo ci separammo. Whitney era ancora lì a scodinzolare con la lingua di fuori, pronta a ricevere altre attenzioni.

Una seconda automobile parcheggiò nel vialetto mentre mi rimettevo lentamente in piedi. Detestavo quel bastone, ma non potevo negare che non sarei riuscito a rialzarmi senza. Ero esausto. Se avessi chiuso gli occhi anche solo per un attimo mi sarei addormentato seduta stante, lì all'ingresso di casa.

Riconobbi subito la macchina. Dal sedile posteriore scese Patrick, che mi si avvicinò sorridendo e salutandomi con la mano, per poi porgermela così che potessi stringerla. I miei genitori erano uno di fianco all'altro, abbracciati; quelli di Patrick stavano ancora scendendo dall'auto, la madre con una grande scatola da pasticceria tra le mani.

Mentre entravamo in casa dovetti ricacciare indietro le lacrime. In teoria doveva essere una festa. Tutti intorno a me sorridevano, parlavano e si divertivano. Oltre alla stanchezza che già mi portavo dietro, mi affaticai ulteriormente cercando di sentire qualcosa, concentrandomi più che potevo, ma invano. Non sentivo assolutamente niente.

Sul tavolo intorno a cui sedevamo era tutto un viavai di penne e pezzi di carta. Patrick mi seguiva dappertutto. Ora che ero sordo, più che un migliore amico mi sembrava di avere una seconda Whitney. Quando ancora potevo sentire non avevo idea del significato dei suoi latrati, eppure lei non mi lasciava un secondo. E a me non dispiaceva affatto.

Aiutai a distribuire le fette di torta. Patrick decise di mangiare la sua porzione in salone per farmi compagnia, dato che mi ero seduto sulla poltrona più vicina al televisore. Lui invece si sistemò sul divano, prese il telecomando e accese la tv. Con Brenda litigavamo sempre su cosa guardare, erano rare le volte in cui eravamo d'accordo sullo stesso programma. Ma ormai non aveva più importanza dato che, a meno che le trasmissioni che mi interessavano non avessero anche i sottotitoli, la tv sarebbe diventata off-limits per me.

Patrick evidentemente l'aveva capito, e infatti la spense subito dopo.

Ripensai ai sottotitoli, a quanto dovessero essere apprezzati dalle persone a cui piace leggere. Io non ero tra quelle. Ora che ero sordo, avrei dovuto cambiare atteggiamento a riguardo? In quante altre situazioni mi sarei dovuto adeguare senza possibilità di scelta?

Chiusi gli occhi.

Qualcuno mi svegliò scuotendomi: a un certo punto, dovevo essermi addormentato. Patrick non c'era più. L'orologio sopra al camino indicava che erano quasi le quattro. Wow, avevo dormito per quasi tre ore. Fosse stato per me avrei ne avrei dormite altre tre, ma la mamma mi stava tenendo un pezzo di carta davanti. Mi stropicciai gli occhi e lessi: «Hai fame?».

– Non molta. Voglio andarmene in camera.

«Ancora stanco, eh?»

Il dottor Allen aveva detto che sarei rimasto molto spossato anche per diverse settimane. Era senz'altro così in quel momento, ma forse avrei dovuto cercare di rimanere sveglio.

– Sì, ma vorrei mettermi al computer, o fare qualcos'altro.

La mamma mi aiutò ad alzarmi dalla poltrona e a non inciampare su Whitney, che dormiva poco distante. Dalla finestra che dava sul giardino vidi Brenda fare la ruota sul prato, con papà che assisteva battendo le mani.

Aiutandomi con il bastone, mi diressi verso le scale. Whitney, che nel frattempo si era svegliata, mi affiancò, superandomi quasi subito data la lentezza con cui salivo ogni gradino. Una volta arrivata in cima, si girò a fissarmi, la lingua penzolante come suo solito.

Uno dei gradini centrali cigolava sempre. Quando avevo bisogno di non essere sentito, per esempio se stessi giocando a nascondino con Brenda o se non volevo farmi trovare da mamma e papà, lo saltavo a piè pari per non essere scoperto. Questa volta invece ci salii sopra lentamente, sperando con tutto me stesso di sentirlo reagire al mio peso col suo suono caratteristico, ma non sentii nulla, a parte il basso ronzio che si era ripresentato a intermittenza negli ultimi giorni.

Salii gli ultimi gradini con lo sguardo basso.

Con un balzo, Whitney si andò a sistemare ai piedi del mio letto. Io rimasi in piedi all'ingresso della mia stanza e diedi uno sguardo in giro. Probabilmente mi aspettavo che fosse cambiato qualcosa, dato che io non ero più lo stesso, ma non sapevo di preciso cosa. Era tutto come l'avevo lasciato: il lettore CD, la mia collezione di dischi, i poster, i trofei sulla cassettiera... niente era stato spostato anche solo di un millimetro.

Mi diressi verso i CD. Ce ne saranno stati un'ottantina, perfettamente disposti. Ma ormai non avrei più potuto ascoltarli. Stesso discorso per lo stereo, la cui utilità era diventata pari a quella di una bistecca per un vegetariano sdentato. Estrassi quello che un tempo era uno dei miei dischi preferiti e lo inserii, premetti su "play" e aspettai, fissando il timer elettronico che scorreva i primi secondi della prima traccia. Ricordavo che canzone fosse, come suonava, le parole del testo. Ma tenere gli occhi incollati al timer non servì a niente. Non sentivo né la musica, né le parole. Potei solo seguire i movimenti delle barre dell'equalizzatore mentre ondeggiavano al muto ritmo della traccia. Dalla frustrazione, spensi lo stereo di scatto.

Andai a sedermi alla scrivania dove di solito facevo i compiti, accesi il computer e mi collegai a Internet. Nella barra di ricerca digitai "meningite", ricevendo più di duecentotrenta milioni di risultati. Centinaia di milioni! Era una cifra decisamente preoccupante per una malattia di cui avevo appreso l'esistenza neanche una settimana prima.

Guardai in giro per la stanza e conclusi che in realtà stare al computer non era poi così male. Sembrava divertente tanto quanto guardare la televisione, se non di più. Non avevo bisogno dell'udito per navigare sul web. Venni letteralmente risucchiato dallo schermo, sentendomi normale per la prima volta dopo molto tempo. Mi venne da ridere: l'idea di leggere i sottotitoli alla tv mi scocciava... e invece ora che stavo facendo? Stavo leggendo. Forse, dopotutto, i sottotitoli non sarebbero stati così terribili.

L'orologio all'angolo del monitor mostrava che ero stato lì davanti per quasi due ore. Chiusi la connessione, collegai il joystick al computer e avviai quel nuovo videogioco, quello che avevo giocato insieme a Patrick prima che mi ammalassi. Dopo appena due inning mi ero già stufato. Non riuscivo a sentire il pubblico, l'impatto della mazza con la palla, i grugniti dei corridori quando scivolavano in seconda base. La grafica era ancora fantastica, ma senza gli effetti sonori non era la stessa cosa. Sembravano marionette prive di entusiasmo, un po' come me.

Con la coda dell'occhio vidi papà affacciato alla porta. Mi salutò con la mano e mi mostrò il blocco. «Come va?»

– Entra, papà –. Spensi il videogioco e andai a sedermi sul letto. Per molti avrei dovuto sentirmi grato di essere ancora vivo, anche se sordo, ma al momento proprio non ci riuscivo.

«Vuoi fare due tiri?»

– No, sono troppo stanco. Magari domani.

Annuì e ricominciò a scrivere, ma prima che potesse suggerire qualche altra attività lo interruppi, dicendo: – Voglio solo riposare.

CAPITOLO NOVE

La sera del lunedì montammo in auto diretti alla Batavia High School, dove insegnavano la lingua dei segni. Il corso introduttivo prevedeva lezioni serali, una volta alla settimana per un paio di mesi. Brenda e io eravamo seduti dietro, divisi dall'immancabile trio formato dal mio bastone, il blocchetto e la penna.

Continuavo a guardarmi le mani, studiandone le dita. Le chiudevo e le riaprivo creando varie forme, come se fossi già pratico del nuovo linguaggio. Come diavolo sarei riuscito a comunicare con le mani? Ebbi il terrore di dover andare in giro con carta e penna per il resto della mia vita.

Vidi Brenda dire qualcosa a mamma e papà, e poi papà trafficare con la manopola della radio. Di solito, questo era il momento in cui io e mia sorella ci mettevamo a battibeccare sulla scelta delle canzoni: «Volevo sentire quella», «hai scelto le ultime due, adesso tocca a me». Immaginavo che da quel momento in avanti Brenda avrebbe potuto ascoltare quel che voleva senza obiezioni da parte mia: a me era concesso di ascoltare solo quel ronzio che di recente, tra l'altro, era anche peggiorato in intensità. Avrei voluto un telecomando che mi consentisse di cambiare stazione, o spegnere tutto. Chiudere gli occhi non serviva a niente, né tantomeno oscillare la testa da una parte all'altra. Ignorare quel rumore di fondo pareva impossibile.

Guardai fuori dal finestrino. Pur essendo quasi le sette di sera, il sole era ancora piuttosto alto. Il buio sarebbe calato non prima delle nove.

Mi piaceva la nostra cittadina: il modo in cui gli edifici che costeggiavano la strada principale erano connessi l'uno con l'altro, le vetrine dei negozietti, anche i pali della luce dal caratteristico colore nero. Le persone a passeggio erano cariche di buste, mangiavano coni gelato, tenevano i figli in braccio o li spingevano in passeggini e carrozzine, o ancora portavano un cane al guinzaglio. Per essere solo un piccolo centro urbano, c'era sempre parecchio movimento.

Dopo qualche altro minuto arrivammo nel parcheggio della scuola, il cui imponente aspetto esteriore la faceva sembrare più una prigione a una prima occhiata. Mentre ci allontanavamo dalla macchina per raggiungere l'ingresso, mi immaginai che ci fosse una schiera di guardie armate sul tetto, intente a osservarci da dietro una recinzione con il filo spinato.

Camminavo lentamente cercando il più possibile di tenere il passo dei miei genitori, e soprattutto di non fare affidamento sul bastone. Entrammo nell'edificio e Brenda ci corse davanti, poi girò sui tacchi e tornò indietro. Quando si accorse che non stavo usando il bastone, mi affiancò e mi guardò i piedi, per poi guardarmi e fare un segno di vittoria con le dita. Mi guardai anche io i piedi, e mi impegnai a rimanere concentrato.

Lungo il corridoio ricercai con lo sguardo un qualche segno a conferma del fatto che eravamo nel posto giusto. Papà mi picchiettò sulla spalla e indicò un foglio attaccato al muro, su cui era stampata una freccia puntata verso la fine del corridoio e la scritta "Lingua dei segni americana". Poi fece il pollice in su. Provai a sorridere, ma probabilmente mi ero limitato a fare spallucce e guardare altrove. Sarei davvero riuscito a parlare attraverso le mani?

Avevamo già memorizzato tutto l'alfabeto della lingua dei segni esercitandoci a casa, ma mi era parso un modo decisamente lento di comunicare. Il dottor Allen aveva suggerito che tutta la famiglia imparasse a utilizzarlo.

Su una porta era attaccato un cartello simile a quello notato poco prima. La mamma aprì solo uno spicchio di porta, diede un'occhiata all'interno della classe e poi si girò verso di noi facendo un cenno di assenso. Eravamo arrivati.

Nella stanza c'erano altre sei o sette persone, a parte noi e l'insegnante, una donna di colore alta e magra. Strinse la mano a ciascuno di noi e indicò la lavagna, su cui aveva scritto il proprio nome con un gessetto: signorina Smiley.

Guardai mamma muovere le labbra. La signorina Smiley chiuse gli occhi e scosse brevemente la testa, per poi dirigersi alla lavagna e raccogliere il gessetto; mamma aggrottò le sopracciglia e lanciò un'occhiata perplessa a papà. L'insegnante scrisse: «Sono sorda». Indicò «sono» e il proprio petto, poi passò a «sorda», puntandosi il dito sulle labbra e su una delle orecchie. Ma pensa un po'! L'insegnante era sorda come me.

Scrisse «non sordo» alla lavagna, indicò la parola e poi la sua bocca, facendo passare per due volte la punta del dito dal labbro inferiore a quello superiore. La signorina Smiley invitò Brenda alla lavagna e indicò prima «sordo» e poi «non sordo». Puntò all'insù con entrambi i pollici e iniziò a muoverli su e giù come se le sue mani fossero le estremità di un dondolo. Poi scrisse: «Quale dei due?» E ripeté il messaggio dei pollici. Brenda mimò di non essere sorda indicandosi le labbra e facendo passare due volte il polpastrello dal basso verso l'alto. La signorina Smiley le accarezzò la testa per complimentarsi e le porse un libro di testo sulla lingua dei segni americana. Anche mamma e papà indicarono di essere in grado di sentire, ripetendo i gesti appena imparati. Dopo aver ricevuto un libro ciascuno dalla signorina Smiley, andarono a sedersi con Brenda in terza fila, dietro ad altri studenti.

Quando arrivò il mio turno e l'insegnante ripeté l'altalena di pollici come a chiedermi se fossi sordo o meno, esitai, cercando di ricordare quale fosse il segno per «sordo». Ero diventato scemo? Ce l'aveva mostrato giusto pochi secondi prima...

Mi indicai le labbra e poi l'orecchio. No, avevo sbagliato. Scossi la testa e riprovai. Mi passai l'indice sull'orecchio e poi sulle labbra. L'insegnante annuì, e gli occhi iniziarono a brillarle. Mi sorrise in un modo diverso da quello che aveva riservato alla mia famiglia. Noi due avevamo qualcosa in comune.

La signorina Smiley si passò l'indice dalle labbra all'orecchio, poi annuì per confermare che quel modo era corretto. Poi replicò la sequenza in ordine inverso, stringendosi nelle spalle come a voler dire che in realtà entrambe le versioni erano giuste. Subito dopo chiuse la mano in un pugno, lasciando fuori solo pollice e mignolo, e la fece oscillare avanti e indietro, con il pollice rivolto verso il suo petto. Alla lavagna scrisse: «Uguale». Mi mostrò di nuovo il segno e io lo ripetei. Poi mimai «sordo» in entrambi i modi, seguito da «uguale». La signorina Smiley mi consegnò un'altra copia del libro e andai a sedermi accanto a mio padre. Intanto sulla lavagna era comparsa una nuova scritta:

«È severamente vietato parlare durante la lezione».

∙ ∙ ∙

Seduto al tavolo della cucina con i miei, scrissi sul blocco: «Ok. Quindi la lingua dei segni e l'alfabeto manuale sono due cose completamente diverse». Per formare le parole nella lingua dei segni dovevo mettere le mani e le dita in determinate posizioni, e muoverle insieme alle braccia in specifici modi. Alcuni segni si capivano al volo: per dire «ciao», anche nella lingua dei segni bastava agitare la mano.

Papà scrisse: «Una cosa che ho imparato è che la lingua dei segni non si basa solo sulle mani. Servono molti altri elementi per rendere completa una frase, e per farlo si usa tutto il corpo». L'insegnante ci aveva mostrato l'efficacia data dal combinare i segni con i gesti. Per esempio, ci aveva insegnato a dire «mi scusi». Prima aveva proteso una mano, con il palmo rivolto verso l'alto; poi l'aveva sfiorato più volte con le punte delle dita dell'altra mano, e aveva concluso portandosi entrambe le mani sul petto. Nel farlo stava perfettamente immobile di fronte alla classe, come se fosse una statua. Infine, ripeté il tutto da capo tenendo lo sguardo fisso di fronte a sé e la mandibola serrata.

Pur avendo eseguito il tutto in modo corretto, la lavagna dietro di lei recitava: «Così non risulta sincero». Quindi ci mostrò la versione esatta. Si inchinò impercettibilmente, aprì le spalle e assunse un'espressione interrogativa ma al contempo gentile. Disse «mi scusi» con i segni, e questa volta in effetti sembrava più genuina.

Presi il blocco e scrissi: «La cosa più difficile al momento non è imparare a usare le mani per comporre parole o il corpo per esprimere il tono. No, la cosa che non riesco a capire è l'ordine delle parole. Anche se la lingua dei segni è basata sull'inglese, le frasi non suonano allo stesso modo».

Sia mamma che papà annuirono. Papà alzò gli occhi al cielo, mamma sospirò.

Quando si usa la lingua dei segni, non si può dire una

cosa del tipo: «Ehi, hai visto quella fantastica partita di base-ball in tv ieri sera?». Le parole sono tutte mischiate, e devo usare lo sguardo così come il resto del corpo per veicolare al meglio il messaggio. Quindi dovrei spalancare gli occhi e dire con i segni: «Partita baseball ieri sera, vedere tu finito?». Lì per lì vorresti rispondere: che? Non ha alcun senso!

«Più ci esercitiamo, più diventerà facile,» rispose papà.

Non ne ero così sicuro. Mi strinsi nelle spalle, presi la mia copia del libro e me la misi sotto al braccio.

«Dove vai?» scrisse la mamma.

Tenendo il bastone con uno degli avambracci, chiusi una mano a pugno. Con l'altra feci un segno simile a quello di una pistola; poi strofinai il pugno avanti e indietro sulla "canna" della pistola: – Vado a esercitarmi –. E salii in camera mia.

CAPITOLO DIECI

Volevo solo nascondermi. Feci di tutto per restare in camera mia il più a lungo possibile. Ero a casa da quasi una settimana ed ero ancora perennemente esausto; zoppicare in giro con il bastone mi metteva estremamente a disagio, sentivo tutti gli sguardi su di me. Possibile che dovessi sopportare anche quell'umiliazione? Non bastava che fossi diventato sordo?

Trascorrevo gran parte del tempo a letto, a studiare il libro della lingua dei segni oppure, il più delle volte, a fissare la porta chiusa della mia stanza. A volte, quando vedevo ruotare la maniglia, chiudevo gli occhi e fingevo di dormire, così che nessuno mi disturbasse. Mi sembrava l'unica cosa che potessi fare per nascondermi senza far preoccupare nessuno. Mi capitava anche di addormentarmi se tenevo gli occhi chiusi molto a lungo: non volevo rischiare di aprirli e trovare qualcuno accanto al letto, bruciandomi così la "copertura". Non potendo più sentire, non avevo più modo di rendermi conto quando un'altra persona usciva dalla mia stanza o chiudeva la porta, come quando... come quando non ero ancora sordo.

Ma quella domenica mattina non mi andava di rimanere in camera mia. Presi il guantone e una palla e scesi in cucina, dove papà era seduto a leggere il giornale bevendo un caffè.

– Papà, – dissi per attirare la sua attenzione. Quando alzò lo sguardo e mi vide con il guantone in mano, il viso gli si illuminò e si distese in un enorme sorriso. Fece segno di aspettare, o comunque di non muovermi, e corse fuori dalla cucina. Alcuni istanti dopo tornò con indosso il guantone e il berretto degli Yankees.

Mentre uscivamo in giardino cercai di non fare troppo affidamento sul bastone, ma era davvero difficile. Una volta posizionati a circa una decina di metri di distanza l'uno dall'altro, lo lasciai cadere.

All'inizio ci andammo piuttosto piano. Provai qualche lancio. Mi sentivo strano, come se da un momento all'altro potessi perdere l'equilibrio, ma era solo un falso allarme. Era altrettanto strano non riuscire a sentire il classico schiocco della palla quando finiva nel suo guantone. Erano settimane che non facevo pratica con mio padre; in genere provavamo qualche lancio tutte le sere, quando lui tornava dal lavoro, oppure appena prima di una partita.

Papà sembrava felice, mentre io non sapevo come sentirmi. Era bello stare all'aria aperta e giocare dopo tanto tempo, ma era tutto così diverso. Volevo sentire il sibilo della palla, l'impatto finale con il guantone. Guardai il mio guantone come se fosse quello ad avere un problema anziché io. Come se la pelle avesse qualche difetto di lavorazione.

Dopo qualche minuto, quando mio padre mi rilanciò la palla e si inginocchiò assumendo la tipica posa del ricevitore, capii al volo cosa volesse comunicarmi: il riscaldamento era finito. Voleva vedere se fossi in grado di fare un lancio come si deve.

Deglutii rumorosamente e presi un respiro profondo. Mi girai di lato, con le braccia lungo i fianchi e la palla stretta nella mano destra. Dopo un altro lungo respiro, mi preparai. Alzai le braccia e mi portai il ginocchio al petto. Nel mio cervello sembrava fosse stato azionato un frullatore; la vista mi si annebbiò all'istante. Il ginocchio sinistro cedette e caddi di schiena, senza fiato. La palla rotolò silenziosamente a qualche centimetro dalla mia mano. Non mi ero fatto niente, ma quando mio padre mi corse incontro mi coprii il viso col guantone, anche se potevo intravederlo dalle fessure tra un dito e l'altro. – Sto bene –, dissi. – Sto bene, lasciami stare!

Papà si accucciò per potermi togliere il guantone dal viso. Mimò con le dita: «Ok?»

– Sì –. Mi rialzai lentamente. Lui mi rivolse il palmo sinistro, accarezzandolo con le punte delle dita della mano destra. «Ancora?»

Scossi la testa. – Voglio tornare dentro.

Papà ripeté il gesto. «Ancora». Poi si posò la mano destra sul cuore, muovendola in cerchio. «Per favore».

Volsi lo sguardo al cielo, un azzurro intenso interrotto da un paio di soffici nuvole bianche, poi chiusi gli occhi. In effetti non ero pronto a tornare in casa. – Va bene – dissi infine.

Mi passò la palla e tornò in posizione, con un accenno di sorriso che non mancai di notare. Questa volta, mentre caricavo il tiro, mi concentrai sul ginocchio sinistro in modo da non perdere di nuovo l'equilibrio. L'intenzione era di lanciare una dritta, ma l'esecuzione era più quella di un lancio pazzo. Papà si allungò a prenderlo con un saltello, ma la palla gli passò sopra la testa e finì nei cespugli lungo la recinzione.

Avevo le gambe di gelatina, ma in qualche modo rimasi in piedi. I lanci di prova erano ok, per quelli veri e propri invece c'era ancora del lavoro da fare. Proprio come per la lingua dei segni.

CAPITOLO UNDICI

METÀ LUGLIO

Ero al computer e avevo appena effettato l'accesso in quella che sembrava una chat per persone sorde, quando sentii un leggero picchiettio sulla spalla. Mi girai con un sussulto e vidi la mamma, che mi fece un'espressione dispiaciuta per poi passarsi una mano chiusa a pugno sul petto con movimenti circolari. «Scusa».

In genere i miei famigliari attiravano la mia attenzione accendendo o spegnendo la luce o toccandomi la spalla. Quando potevo ancora sentire, mi capitava di chiudermi in camera ad ascoltare la musica con le cuffie e gli occhi chiusi. Brenda si avvicinava di soppiatto per poi afferrarmi le spalle, facendomi urlare talmente forte da far tremare i vetri delle finestre. Mi risultava ancora difficile abituarmi a quell'ennesimo cambiamento.

Questa volta non gridai, ma ci ero andato vicino, finché non vidi la scritta sul blocco che la mamma aveva con sé, che recitava a caratteri cubitali: «PRANZO». Andare a lezione di lingua dei segni un paio di sere alla settimana ci aveva aiutati a comunicare meglio, ma eravamo solo alla seconda settimana. Avevamo imparato molte parole importanti e di uso quotidiano, ma ne servivano ancora molte altre prima di poter abbandonare l'uso dei pezzi di carta.

– Va bene. Arrivo subito, – dissi. Mi girai nuovamente verso lo schermo e digitai: «Devo andare. È ora di pranzo».

La maggior parte dei membri della chat scrivevano con lo stesso linguaggio sgrammaticato della lingua dei segni. Uno mi rispose: «Mangiare pranzo, tornare quando finito tu?» Ma sapevo che in realtà intendeva: «Tornerai online dopo pranzo?»

Whitney, che dormiva ai miei piedi, si alzò e mi seguì fino in cucina. Al mio posto c'era già un piatto con un toast al formaggio e una ciotola di zuppa al pomodoro. Mi sedetti e Whitney si sdraiò di nuovo con il muso appoggiato sui miei piedi, addormentandosi nel giro di pochi istanti. Inzuppai un angolo di toast nella zuppa.

– Nella chat c'è questo ragazzo che ha perso l'udito gradualmente, e adesso è completamente sordo; sa leggere solo il labiale, usa pochissimo la lingua dei segni.

Mamma si sedette accanto a me e scrisse: «Quanti anni aveva quando è diventato sordo?»

– Cinquantaquattro, – risposi facendo spallucce.

«Mark... a cinquantaquattro anni non è più un ragazzo».

Mi strinsi di nuovo nelle spalle. – Sto cercando di imparare a leggere il labiale, ma non è facile come sembra. Dai, prova a dire qualcosa.

Le sue labbra si mossero. Alzai gli occhi al cielo. – Hai detto "ti voglio bene". Troppo facile. Di' qualcosa di più complicato.

La mamma scosse la testa. «Ti sbagli. Era "ho venti scarpiere"».

Scoppiai a ridere. – Ok, me l'hai fatta. Proviamo ancora.

Ma lei prese a guardare un punto oltre la mia testa. Mi girai nella stessa direzione, ma non c'era nulla. Poi la vidi uscire dalla cucina. Whitney scattò in piedi, la bocca distorta in un ringhio. Non potevo sentirla, ma sapevo che aveva iniziato ad abbaiare.

– Mamma? Mamma, chi c'è?

Mi alzai e lasciai anche io la cucina, correndo in salone per capire che stesse succedendo. La mamma era all'ingresso e stava parlando con qualcuno. Brenda era a fianco a lei.

– Brenda, è tutto ok? Che succede? – le chiesi. Lei scrollò le spalle, portandosi le dita della mano destra sulla fronte per poi staccarle subito dopo, un po' come un saluto militare. «Non lo so».

La mamma si scostò e fece accomodare l'uomo. Portava una camicia bianca e pantaloni blu, dai quali pendeva una cintura piena di attrezzi. In una tasca fatta di pelle teneva anche un trapano senza fili. Probabilmente era un tecnico di qualche tipo, ma a una prima occhiata sembrava una specie di pistolero robot, ma con il trapano al posto del revolver.

Whitney era ancora agitata. La tenni per il collare, e poco dopo mi aiutò anche Brenda.

Mia sorella stava riuscendo a imparare la lingua dei segni più in fretta di tutti noi. Io mi esercitavo tutte le sere, un po' come facevo con i lanci insieme a papà, ma davanti a uno specchio. Brenda invece prestava molta attenzione in classe, e per qualche strano motivo imparava così, assorbendo tutto come una spugna. Mi piaceva molto guardarla mentre usava i segni, il modo in cui li eseguiva rendeva particolarmente facile capire cosa stesse dicendo.

L'uomo ci salutò con la mano, poi seguì la mamma nello scantinato.

– Chi è? – Chiesi a Brenda, replicando poi la domanda anche con i segni.

Brenda prese un blocco dal tavolino del salone. «Si è rotta l'asciugatrice».

– Stavo parlando con la mamma, poi è corsa via... non capivo cosa stesse succedendo, ma non mi ero preoccupato più di tanto, finché non ho visto Whitney agitarsi a quel modo.

«Il campanello,» scrisse Brenda.

Allora capii. Non era la prima volta che succedeva una cosa simile. Quando suonava il telefono o c'era qualcuno alla porta, ora non me ne accorgevo più.

Brenda diede da mangiare a Whitney e poi ci raggiunse al tavolo della cucina, su cui erano aperti due cataloghi. Ogni tanto, aggiungevamo una nuova voce alla lista che stavamo preparando. Ora che ero sordo, servivano diversi nuovi oggetti per la casa. Molti erano già stati ordinati, ma o non erano ancora stati consegnati o richiedevano l'aiuto di un installatore.

A un certo punto, la mamma indicò con particolare entusiasmo uno degli oggetti: un dispositivo vibrante da mettere sotto al mio materasso, che si collegava alla sveglia. Continuò ad annuire vigorosamente, poi si picchiettò il centro del petto con il pollice: «Buono». Il segno che aveva appena fatto aveva anche altri significati, tra cui «fantastico». Così, anche quella strana sveglia per sordi finì sulla lista.

«Si sa niente di quando verrà l'elettricista per collegare le luci al telefono e al campanello?» Scrisse mio padre.

«Sia l'elettricista che il dispositivo telefonico per sordi dovrebbero arrivare la settimana prossima,» rispose la mamma. Il dispositivo telefonico per sordi, o DTS, era un telefono molto simile a un computer. Potevo usarlo per scrivere e ricevere messaggi, un po' come una chat, se non meglio, dato che non si può sapere quando qualcuno si collegherà di nuovo a Internet per rispondere.

Papà mi sorrise. Quel momento mi ricordava di quando sfogliavamo i cataloghi di giocattoli a Natale, e quasi in automatico mi chiesi se si stesse preoccupando di quanto sarebbero costate tutte queste novità. – La sveglia per il letto può aspettare, papà. Siamo in estate, non devo alzarmi presto per andare a scuola. E se devo portare a spasso Whitney ci pensa lei ad avvisarmi –. Ripensare alla scuola mi fece sentire strano, e mi toccai lo stomaco quasi per riflesso.

La mamma mi indicò e poi passò il dito medio due volte al centro del petto, per poi fare lo spelling di "ok" con le dita. «È tutto ok?»

Chiusi la mano a pugno, con il pollice poggiato a lato dell'indice come per la "a" dell'alfabeto manuale, e lo agitai come se stessi bussando alla porta. «Sì,» e poi mimai «stanco».

«Vai a riposare. Continueremo dopo,» scrisse lei.

CAPITOLO DODICI

Il giorno seguente, mentre ero seduto sul divano a sfogliare il libro sulla lingua dei segni, dalla finestra vidi Patrick salire il vialetto di casa sulla sua bicicletta. Scese, si tolse il casco e lo legò al manubrio. Io presi il bastone e mi precipitai verso le scale.

La mamma stava scendendo con in braccio la cesta dei panni sporchi. Tese una mano come se dovesse dare una stretta di mano a qualcuno, tracciandone poi il palmo con l'indice dell'altra: «Che succede?»

– Vado in camera a stendermi. Sono stanchissimo, – risposi, poi corsi in camera, saltai sul letto e serrai gli occhi: sapevo che se si fosse affacciata e mi avesse visto così, mi avrebbe lasciato in pace pensando che mi ero addormentato.

Non avevo ancora recuperato del tutto le forze, né l'equilibrio, ma continuando a esercitarmi nei lanci con papà avevo notato che le gambe non erano più instabili come prima, quando rischiavo di cadere ogni due per tre. In effetti, pur portandomi sempre dietro il bastone, non lo usavo più molto. Gradualmente avevo fatto in modo di

camminare senza alcun aiuto, e andando piano la mia andatura era quella di sempre.

Aspettai per diverso tempo prima di riaprire gli occhi.
Patrick era seduto alla mia scrivania e mi fissava con un
foglio in mano, su cui aveva scritto a grandi lettere blu:
«Fingi proprio male!».

– Non è vero, – ribattei, mettendomi a sedere sul letto.
Il sole che batteva sulla finestra non disturbava Patrick, che
portava il suo berretto degli Yankees talmente basso che la
falda gli proteggeva interamente gli occhi dalla luce.
Guardai mentre tamburellava le dita sulla scrivania, e ne
potei solo immaginare il suono. Non sapevo che dire.
Improvvisamente mi sembrava di essere con un estraneo.

Patrick prese a scrivere nuovamente sul blocco. «È
strano che tu possa parlare ma non sentire».

Mi strinsi nelle spalle. A me non sembrava strano, mi
dava solo fastidio, come darebbe fastidio poter mangiare
senza sentire i sapori. Quel che era davvero strano era quel
ronzio di fondo che sentivo a intermittenza. Ogni volta che
sentivo graffiare in una delle orecchie, il mio cuore perdeva
un battito. Perché ogni volta, credevo di star guarendo, che
mi stesse tornando l'udito, e puntualmente venivo deluso.

Patrick scrisse ancora: «A volte dimentico che sei...».

Mi soffermai su quei puntini di sospensione e sospirai.
Non volevo avere quella conversazione. Gli restituii il blocchetto. – Che sono cosa, sordo?

Lui si limitò ad annuire. Avrei voluto dirgli: a volte lo
dimentico anche io, invece rimasi in silenzio.

– Comunque è vero, sono ancora un po' stanco –. Mi
alzai e mi diressi verso la finestra, senza l'ausilio del bastone.
La cosa divertente è che in realtà ero contento di vederlo,
ma al contempo ero un po' arrabbiato con lui. Perché doveva
insistere tanto? Non poteva nemmeno immaginare come

fosse la mia vita adesso, e onestamente non capivo perché volesse farlo. Come avrebbe potuto comprendere lo sforzo che dovevo fare anche solo per fare due passi? Lui poteva camminare. Poteva sentire.

– Vorrei stendermi e riposare un altro po'.

Patrick prese il pennarello e, dopo aver scritto, mi ripassò il blocco. Dopo aver letto, dissi: – Mia madre ti ha detto che stavo leggendo?

Lui riprese il blocco e scrisse ancora, e dopo aver letto risposi: – Sì. Io e papà usciamo e proviamo qualche lancio.

Ci ripassammo ancora una volta il blocchetto, ma questa volta lessi quello che aveva scritto ad alta voce. – Fanno una partita al parco. Non passare l'estate rinchiuso qui, godiamoci la vacanza!

Una partita di baseball. Con mio padre mi ero esercitato nei tiri, ma non nelle battute. Non sapevo nemmeno se fossi ancora in grado di colpire come si deve, o quanto sarei riuscito a rimanere in piedi. Indicai l'ultima parola che aveva scritto. – "Vacanza" non si scrive così.

Patrick mi strappò il blocco dalle mani e prese il mio guantone dalla cassettiera, dove riposava in mezzo ai miei trofei, per poi tirarmelo e uscire dalla mia stanza, facendomi cenno di seguirlo.

Lo vidi bloccarsi in cima alle scale, poi si girò a guardarmi. Per un minuto abbondante non facemmo altro che guardarci, lui che continuava a farmi segno di andare con lui e io che scuotevo la testa. Alla fine lui giunse le mani in preghiera e io alzai gli occhi al cielo, annuendo con un lungo sospiro. Presi il berretto dalla testiera del letto e lo indossai, mi misi il guantone sottobraccio e, dopo essermi soffermato qualche istante di fronte al bastone, decisi di non portarmelo. Mi chiusi la porta dietro le spalle e seguii giù per le scale il mio amico, che sfoggiava un sorriso trionfante.

La mamma era seduta sul divano del salone con una cesta di panni puliti ai suoi piedi e pile di indumenti già piegati tutt'intorno. Con i segni mi chiese: «Dove andate?».

Chiusi entrambe le mani a pugno, mimando la presa di una mazza. «Baseball».

Sul suo viso comparve la stessa espressione che faceva quando le dicevo di non sentirmi bene e di voler saltare la scuola. Mi si avvicinò come se volesse toccarmi la fronte e sentirmi la febbre, invece si toccò il mento con la punta dell'indice, che poi inarcò in avanti. «Sei sicuro?».

– Sì, sono sicuro, – risposi facendo finta di bussare alla porta, il segno per dire «sì». Lei mi rispose mimando un «ok».

Patrick mi seguì in cucina, dove riempii due bottiglie con del ghiaccio. Feci scorrere a lungo l'acqua del rubinetto, in modo che fosse fresca al punto giusto. Fuori dalla finestra intravidi Whitney scorrazzare in giardino con una palla da tennis in bocca. Mi sporsi leggermente per capire dove stesse correndo, e vidi Brenda inginocchiata sull'erba. Whitney si fermò di fronte a lei, fece cadere la pallina e fece qualche giro sul posto. Brenda si rialzò, lanciò la palla verso l'altra estremità del giardino e si strofinò la mano sui jeans, probabilmente per pulirsi dai residui di bava.

Qualche minuto dopo scesi in garage con Patrick. Inspirai profondamente e alzai il cavalletto della bici. Come sarebbe andata? Ero forse impazzito a volerci provare così presto, oltretutto di fronte a un amico? Dovrebbe essere facile, pensai tra me e me mentre indossavo il caschetto, ma non ne ero del tutto convinto. E se Patrick volesse andare veloce? – Sai, non vado in bici da quando sono uscito dall'o-spedale.

Lui annuì sorridendomi. Mi fece il pollice in su e iniziò a scendere per il vialetto, con un'andatura tranquilla. Aveva capito. Montai sul sellino, tenendo i piedi ancora ben saldi sul pavimento del garage. Provai a inserire uno dei piedi nel pedale, tenendomi in equilibrio con l'altra gamba. Fin lì tutto bene. Patrick si fermò e si girò per incoraggiarmi. Portai il peso in avanti e provai a pedalare, ma la bici sembrava un cavallo imbizzarrito che non ero in grado di domare. Allora misi di nuovo i piedi a terra e strinsi forte il manubrio. All'imbocco del vialetto, Patrick era ancora fermo a guardarmi, ma invece dell'aria spazientita che temevo aveva un'espressione preoccupata che mi fece sentire come un bambino piccolo alle prese con i primi passi.

Mi dissi più volte che non sarei caduto, dunque riprovai. Stavolta riuscii a pedalare, e la bicicletta iniziò a muoversi in modo più fluido, rendendomi meno difficile restare in equilibrio sulle due ruote. Avevo ancora paura di fare qualsiasi cosa che non fosse restare seduto sul sellino e pedalare. Un tempo mi piaceva da matti pedalare in piedi, soprattutto quando volevo andare più veloce, ma in quel momento la mia andatura da lumaca era più che sufficiente. Patrick annuì e sorrise ancora, per poi avviarsi in direzione del parco.

In condizioni normali, andare in bicicletta mi faceva sentire benissimo. Niente poteva battere la libertà che si provava nell'andare giù per una strada a una velocità tale da non dover neanche pedalare. Ma quel pomeriggio dovevo andare il più piano possibile, e la distanza tra me e Patrick si fece sempre più marcata. I piedi mi scivolavano di continuo dai pedali, la bici di tanto in tanto barcollava leggermente. L'unico mio pensiero era quello di non cadere. Una delle cose più semplici al mondo ora sembrava un'impresa.

Tutt'a un tratto un'automobile mi sbucò davanti, facendomi sbandare verso il marciapiede. L'uomo alla guida abbassò il finestrino, e agitando un pugno prese a urlarmi contro.

– Sono sordo, non la sento, – gli gridai. Il tizio inarcò un sopracciglio e arricciò le labbra, come a voler dire «sì, come no». Poi ripartì di gran carriera, e dalla marmitta fuoriuscì un nuvolone di gas di scarico che mi fece chiudere gli occhi e tossire. Mi resi conto che per poco non ero stato investito. L'uomo probabilmente aveva suonato il clacson convinto che mi sarei spostato.

Prima di tornare in strada mi assicurai che non arrivasse nessuno. Non potendo sentire i rumori del traffico, ora più che mai avrei dovuto fare affidamento sulla vista. Questa volta avevo avuto fortuna. Cosa sarebbe successo se invece non fosse riuscito a fermarsi in tempo? O se avesse continuato a suonare, convinto che fossi solo un teppistello insolente?

Chi l'avrebbe mai detto che mi sarebbe mancato il suono del traffico. Tutto quel silenzio aveva un che di spettrale, e mi ritrovai in un bagno di sudore che non aveva niente a che vedere con l'afa estiva.

Una volta arrivato al parco e sceso dalla bicicletta, volsi lo sguardo alla strada appena percorsa: c'erano macchine, camion, autobus ovunque. Compresi che ero stato un pazzo a venire fino lì in bici, ora che ero sordo. Ma ce l'avevo fatta, importava solo quello. Se non altro, era ciò di cui volevo convincermi. Mi ci vollero ancora diversi minuti prima di tornare a respirare normalmente.

Parcheggiai la bicicletta accanto a quella di Patrick borbottando. Il mio amico mi rivolse un'occhiata interrogativa, corrugando la fronte e allargando leggermente le mani, come a chiedermi cosa fosse successo.

– Ho dimenticato il blocco e la penna a casa, – risposi a voce bassa. Volevo essere sicuro di non parlare troppo forte e attirare l'attenzione.

Patrick disse qualcosa, e mi sporsi verso lui, come se fosse servito a farmi sentire qualcosa. Ma era un riflesso incondizionato. Patrick mi mise una mano sulla spalla e ripeté la domanda più lentamente, e forse anche alzando il tono di voce. Stava facendo uno sforzo consapevole per scandire ogni sillaba, ma non riuscivo a capire lo stesso. – Non so leggere il labiale, – dissi. Allora il mio amico passò a scrivere con il dito sulla sabbia: «Ti servono?».

Lo guardai a lungo. Ma non ci arrivava? – Certo, così se qualcuno deve dirmi qualcosa non è costretto a scrivere per terra come stai facendo tu. Non voglio fare la figura dello stupido davanti a tutti. Mi sento già un idiota tutti i giorni –. Patrick allora scrisse «amici», sottolineando la parola più volte. In altre parole, stava dicendo: non devi sentirti un idiota, siamo tutti amici qui. Sì, beh, allora perché mi sentivo così fuori posto?

Mi tirai i capelli all'indietro nascondendoli nel berretto. Avevo un disperato bisogno di sentirmi come gli altri, di sentirmi di nuovo normale. Lanciai uno sguardo al campo e riconobbi svariati ragazzi tra quelli che facevano lanci di prova, rincorrevano pop fly o simulavano battute al piatto. La verità è che mi erano mancati tantissimo, loro e il gioco.

Oggi sarebbe stato molto diverso dalle serate passate a esercitarmi con papà. Ci saremmo divisi in squadre e avremmo giocato una partita vera e propria. Feci scivolare la mano nel guantone, assestandolo poi con un colpetto dell'altra chiusa a pugno. Quel piccolo rituale mi fece sentire meglio.

Patrick mi sfiorò la spalla e mi fece cenno di andare con lui. Lo seguii, ma ero ancora inquieto. All'improvviso, una parte di me gridava di tornare a casa. Stavo provando le sensazioni più disparate. Sì, quelli erano ancora i miei amici, ma ero io quello diverso. E se non avessero voluto più giocare con me? D'altro canto, anche loro erano diversi in un certo senso, perché non potevo più sentirli.

Patrick mi trascinò fuori da quel vortice di pensieri picchiettandomi nuovamente sulla spalla e facendo il segno dell'ok con la mano, per sapere se stessi bene.

No, non stavo bene. Per la prima volta dopo molto tempo avevo lo stomaco in subbuglio, tanto che temevo di vomitare. Per un attimo pensai di dire a Patrick che sarei andato a recuperare il blocchetto e la penna e poi sarei tornato, ma non volevo mentirgli. O forse fu il terrore di tornare in mezzo al traffico così presto a fermarmi. Ad ogni modo, alla fine annuii. – Sto bene.

CAPITOLO TREDICI

Io e Patrick entrammo nel campo. Tutti gli altri ragazzi interruppero ciò che stavano facendo e si girarono a guardarci. Conoscevo quasi tutti, vuoi per la scuola o perché ci eravamo incontrati in qualche partita di Little League. C'era anche Jordan con alcuni suoi compagni di squadra, che però frequentavano una scuola diversa dalla mia, e pochi altri ragazzi che non avevo mai visto prima.

Tyrone si avvicinò correndo e mi diede una pacca sulla schiena, il che servì a rompere il ghiaccio. Nel giro di pochi secondi tutti fecero altrettanto, neanche fossero una mandria di bufali, e mi ritrovai circondato. A turno, tutti mi salutarono con la mano o dandomi pacche sulla schiena. Sorridevo, anzi ridevo talmente tanto che a momenti mi fece male il viso, e mi resi conto che avevo dimenticato che effetto facesse. Le loro labbra si muovevano senza sosta. Probabilmente mi stavano tempestando di domande su che fine avessi fatto, come mi sentissi. Fui contento di non avere carta e penna con me, o avrei passato l'intero pomeriggio a scrivere risposte.

Vidi Patrick parlare a lungo e immaginai che stesse

raccontando gli eventi delle ultime settimane al posto mio. Sembrava molto preso, a giudicare da come gesticolava. Ma che problemi avevo? Aveva fatto di tutto per vedermi dopo che ero uscito dall'ospedale, e io invece avevo fatto di tutto per tenerlo lontano. Bell'amico che ero. Ma lui non si era arreso. Aveva continuato a telefonarmi, e pur ignorando le sue chiamate lui passava comunque a casa. Mentre era ancora intento a spiegare l'accaduto agli altri, gli misi una mano sulla spalla. Lui mi fece l'occhiolino e poi riprese a muovere le labbra.

Il sole era alto nel cielo, e anche se non potevo sentirla, avvertivo la frescura della brezza sulla pelle. Il cielo era di un azzurro intenso, e pur non sentendoli cantare, vedevo gli uccelli volare e andarsi a posare sui rami degli alberi. Il prato del diamante era fresco di taglio, e l'odore era così forte che mi solleticava le narici al punto che mi veniva da starnutire.

Vidi i capitani formare le squadre. Sia Jordan che Patrick vennero chiamati quasi subito, finendo in squadre avversarie. Con la coda dell'occhio notai che un compagno di Jordan mi guardò e poi gli disse qualcosa all'orecchio. Quando il suo capitano mi indicò, Jordan lo fermò e gli disse qualcosa, facendogli cambiare subito idea. Dopo diversi istanti, fu il capitano di Patrick a scegliermi. Mentre mi avvicinavo ai miei compagni di squadra provai ad abbozzare un sorriso, ma non potei fare a meno di domandarmi di cosa stessero parlando.

Iniziammo noi alla battuta. Patrick indicò verso di me e poi mimò il gesto del lancio.

– Mi stai chiedendo se sono in grado di lanciare? – Gli chiesi. Lui mi fece di sì con la testa. Ripensai alla prima volta in cui avevo riprovato a fare qualche lancio con mio padre dopo il ritorno a casa. Non avevo più grossi problemi di equilibrio come all'inizio, ma non mi ero ancora rimesso del tutto. Se avessi lanciato per poi crollare come una pera cotta davanti a tutti, mi sarei sentito un idiota totale. – No, non me la sento di lanciare oggi.

La mia risposta sembrò lasciarlo perplesso, ma che poteva farci? Sedevamo vicini sulla panchina lungo la linea di prima base. Non riuscivo a concentrarmi sulla partita. A parte qualche lancio, io e papà non avevamo ancora ricominciato a provare le battute; anzi, fino a quel momento non avevo proprio preso in considerazione l'idea. Quando arrivò il mio turno, Patrick mi diede un caschetto. Ma perché non mi sono allenato anche in battuta con papà, pensai mentre lo indossavo. Lanciare una palla e restare in equilibrio era una cosa, agitare una mazza con tutta la forza possibile era tutt'altro discorso. Mi toccai la pancia con una mano e deglutii rumorosamente.

Patrick scrisse «due out» sulla sabbia. A una rapida occhiata, notai che non c'era nessuno in base.

Che ci facevo lì? Erano passate solo poche settimane dall'ultima volta che avevo usato una mazza, ma in quel momento mi sembrarono un'eternità.

Mentre mi dirigevo sul piatto vidi che alcuni ragazzi, di entrambe le squadre, stavano applaudendo. Mi sentii vagamente rincuorato da quel gesto, e sperai che fosse rivolto a me. In ogni caso essere alla battuta mi fece sentire bene. Tornare nel box, prepararmi per il lancio... ma allo stesso tempo era tutto così diverso. Avrei dato qualsiasi cosa per sentire i cori, gli incitamenti, il mio nome, il nome di qualcun altro, *qualsiasi cosa* che non fosse il maledetto, persistente fischio che sentivo ora. In posizione, con lo sguardo fisso sul lanciatore, immaginai di battere la palla fuori dal parco, per poi correre senza nessuna fretta da una base all'altra godendomi il momento.

La palla arrivò velocissima. Eseguii lo swing, girai su me stesso e finii sulle ginocchia. Non l'avevo nemmeno sfiorata. Fu decisamente frustrante non sentire il suono della palla mentre impattava contro il guanto del ricevitore.

Patrick fece per correre verso di me, ma alzai la mano per fermarlo. Usai la mazza per rialzarmi, e mentre mi ripulivo dalla polvere ricacciai indietro le lacrime. Non avevo alcuna intenzione di mettermi a piangere davanti a tutti i miei amici. Non alzai neanche lo sguardo: se c'era qualcuno che stava ridendo di me, non volevo saperlo. Piantai bene lo scarpino sinistro nel terreno e mi concentrai solamente sul lanciatore.

Un altro lancio molto veloce. Stavolta non usai la stessa forza.

Sentii la vibrazione della mazza dopo aver impattato con la palla, e mi concessi una frazione di secondo per guardare la palla mentre volava verso la terza base. Poi me ne dimenticai e pensai solo a correre, come mi avevano sempre detto i coach. Corsi verso la prima base meglio che potevo, focalizzando l'attenzione su ogni singolo passo e preoccupandomi principalmente di non inciampare e non curarmi dei fischi e dei ronzii che mi invadevano il cervello.

Jordan, che era in prima base, avrebbe dovuto essere in posizione con la punta dello scarpino sul bordo del sacco in prima base, pronto a ricevere la palla da sinistra. Invece se ne stava con il guantone sottobraccio, con un'espressione quasi annoiata. Quando misi il piede in prima base, lo vidi dire qualcosa e gesticolare come a volermi cacciare.

– Era in foul? – chiesi. Jordan annuì, così mi girai e tornai verso casa base. Mi sentii stupido. Mi era capitato altre di tirare oltre le linee di fallo mentre correvo verso la prima base; succede spesso quando si è concentrati unicamente sul dover correre, non è niente di grave. Ma ora non mi fidavo più di me stesso, dipendevo unicamente da ciò che vedevano e, soprattutto, sentivano gli altri.

Tornai al piatto e raccolsi la mazza. Il fruscio almeno se n'era andato, lasciandomi nel silenzio totale. Ero quasi in pace. Chiusi gli occhi per qualche istante. Non mi sembrava di far parte di una partita tra due squadre, ma di giocare da solo contro tutti gli altri, e la cosa mi frustrava alquanto. Volevo cacciare un urlo per scrollarmi di dosso quella sensazione, ma non potendolo sentire non sarebbe servito poi a molto.

Tornai in posizione e aspettai il lancio successivo. Quando arrivò, impressi tutta la forza che avevo nello swing. Sentii nuovamente l'impatto e mantenni l'equilibrio. La palla volò di nuovo verso la terza base e io mi affrettai a raggiungere la prima. Ma vedendo Jordan non muovere un dito, mi fermai. Subito dopo, Jordan mi indicò che ero fuori portandosi il pollice all'altezza della spalla. Capii che la terza base aveva intercettato la palla e annuii.

All'improvviso, però, Jordan si preparò a ricevere palla, piantando il piede sinistro sulla prima base e allargando il guantone. Mi girai in tempo per vedere l'esterno sinistro che gli passava la palla, e nella confusione più totale assistetti mentre Jordan la prendeva, per poi avvicinarsi e toccarmi con il guantone.

Piegai la testa da un lato, guardandolo come a volergli chiedere cosa stesse succedendo. Lui mi fece l'occhiolino con un sorriso beffardo dipinto sul volto. Pur non sapendo leggere perfettamente il labiale, capii che aveva detto "adesso". Poi puntò il dito verso di me e ripeté il gesto con il pollice che indicava l'esterno del campo. Era stato fin troppo chiaro: "*Adesso* sei fuori".

Era impazzito? Ero nero di rabbia. Nessuno aveva preso la palla, non ero fuori. La giocata era valida. Stavo per essere

eliminato, ma non volevo che Jordan la facesse franca. –
Cos'era quello? Mi hai ingannato, Jordan! Credi sia divertente, eh?

Il suo sorriso spavaldo scomparve, sostituito da una finta
aria contrita e da un'alzata di mani, come a voler ammettere
di essere stato smascherato. Le sue labbra si mossero, e di
nuovo riuscii a capire cos'aveva detto. Una sola parola:
«scherzo». Le mie mani si strinsero a pugno e d'istinto, lo
spintonai. Senza troppi convenevoli, Jordan ricambiò il
favore. Patrick, sbucato all'improvviso, rincarò la dose,
dandogli uno strattone talmente forte da farlo cadere a terra.
In una frazione di secondo arrivarono tutti gli altri. Jordan si
guardò intorno nervosamente, blaterando qualcosa. Probabilmente stava dicendo: «Che c'è? Era solo uno scherzo
innocente». Ma dalle facce che facevano, neanche gli altri
ragazzi l'avevano trovato divertente.

Mi tornò alla mente una volta in cui, quando ero ancora
molto piccolo, i miei genitori mi avevano portato a un carne-
vale. Era già scesa la sera, e tutto era illuminato da luci e
neon brillanti e colorati. Tutt'intorno la gente schiamazzava
e non poche persone erano inciampate contro il mio passeg-
gino. Quelle salite sulle varie attrazioni ridevano e urlavano.
Anche le macchine dei giochi facevano rumori assordanti.
Circondato da tutto quel chiasso, ricordai di essermi sentito
talmente spaventato da voler solo chiudere gli occhi e
sperare che di colpo sparisse tutto intorno a noi.

In quel momento desiderai la stessa cosa. Di colpo
erano tutti coinvolti nella disputa, tutti parlavano animatamente, alcuni prendevano a calci la sabbia del campo. Io
non avevo la minima idea di quale fosse l'oggetto del litigio.
Discutevano per me? Credevano tutti che Jordan avesse
torto? In realtà alcuni ragazzi, quelli che non avevo mai visto
prima, sembravano parteggiare per Jordan.

Poi qualcuno diede uno spintone a Patrick.

Mi allontanai dalla folla e mi incamminai verso la rastrelliera delle biciclette. Sbloccai la mia, montai in sella e pedalai verso casa. Non ero più preoccupato delle macchine, né di perdere improvvisamente l'equilibrio. Mi concentrai solo sulla strada di fronte a me e andai più veloce che potevo. Sentivo una leggera vena di paura, ma non era dovuta al fatto di stare in mezzo al traffico.

Detestavo essere sordo.

CAPITOLO QUATTORDICI

Quando arrivai a casa, la mamma e Brenda stavano togliendo il bucato dalla lavatrice. Whitney sonnecchiava sotto al tavolo. Al mio arrivo mosse impercettibilmente le orecchie e schiuse di poco gli occhi, ma tornò a dormire subito dopo.

Appena mi vide, la mamma disse con i segni: «Com'è andata la partita?»

– Bene. Vado a riposare –. Non provai nemmeno a mascherare quanto fossi arrabbiato. Corsi al piano superiore e mi rifugiai in camera mia, ma non feci neanche in tempo a girarmi per chiudere la porta che Whitney si intrufolò tra le mie gambe, per poi sedersi di fianco al letto. Doveva aver compreso come mi sentivo, perché non scodinzolava.

Rimasi in piedi al centro della stanza, ancora furioso. Avrei dovuto immaginare che non sarebbe stata una buona idea quella di tornare a giocare con i miei amici come se non fosse successo nulla. Mi chiesi se avrei mai potuto fare qualsiasi cosa con loro in futuro. Ora ero davvero solo.

Mi sedetti sul letto e accarezzai la testa di Whitney, grattandole leggermente il retro delle orecchie. A quel punto non poté più resistere e iniziò a muovere la coda. Sulla scrivania c'era il libro della lingua dei segni ancora aperto, e poco distante il relativo dizionario. Li presi entrambi e mi sdraiai.

Il dottor Allen aveva detto che nel corso dei prossimi dodici mesi mi aspettavano dei programmi di apprendimento della lingua dei segni molto intensi, rassicurandomi però che sarebbero stati più semplici del previsto. Ricordavo di essermi domandato tra me e me se fosse vero. L'anno scorso avevo preso solo "buono" in inglese, ma in effetti con la lingua dei segni non stavo avendo grossi problemi, dato quanto mi ci stavo dedicando. Nella stessa conversazione, il dottore ci aveva anche parlato di una qualche scuola per non udenti a Rochester, ma non ci avevo riflettuto granché sopra. Perché mai avrei dovuto frequentare una scuola per sordi? D'altro canto, però, che senso aveva ormai andare a scuola insieme ai ragazzi normali? Aveva senso, tanto per cominciare, continuare ad andare a scuola? A che scopo?

Il dottore aveva detto che se avessi frequentato le superiori con Patrick, sarebbe stata responsabilità dell'istituto procurarmi un interprete, ossia qualcuno con il compito di assistere a ogni lezione insieme a me traducendo quanto detto dai professori nella lingua dei segni. E come se quello non fosse già abbastanza umiliante, avrei avuto anche un'altra persona a prendere appunti al posto mio.

Mi sembrava un'idea assurda. Già mi vedevo, ad essere costantemente al centro dell'attenzione con due adulti sempre alle calcagna? Per non parlare dell'ora di pranzo: quale interprete si sarebbe preso la briga di tradurre tutto quello che dicevano i ragazzi in mensa, così che non venissi tagliato fuori dalla conversazione? Quanti quaderni avrei dovuto leggere per scambiare due parole con i miei amici, sempre che ne avessi ancora? Era decisamente fuori discussione. Ormai ero come un pezzo che non apparteneva al resto del puzzle. Ero davvero solo.

Alzai lo sguardo dal libro della lingua dei segni e vidi mio padre sulla soglia della mia stanza. Da quanto era lì? Agitò la mano per salutarmi. Da quel che sapevo, non era in casa poco prima; di sabato, quando poteva, andava a lavorare. Non credo che gli andasse molto, ma diceva sempre che non poteva lasciarsi scappare alcuna opportunità di fare qualche soldo in più.

«Posso entrare?» disse con i segni. Mi strinsi nelle spalle. «Che fai?»

– Mi stavo esercitando su qualche frase, – risposi.

«Fa' vedere».

Formulai una frase con i segni. – Significa: «Mi hai mentito», – spiegai, prima di mostrargliene un'altra. – Questa invece significa: «Sei un rompiscatole».

Papà scosse la testa, come se in quel momento non riuscisse a dire altro. Poi, sempre con i segni, mi chiese cosa avessi. La mamma doveva avergli detto qualcosa. Si sedette accanto a me e alla fine passò a scrivere sul blocchetto di carta. «La mamma dice che sei qui da parecchio».

Annuii. – Stavo studiando.

«Oggi sei andato a giocare con Patrick e gli altri?»

Dopo aver letto mi limitai ad annuire di nuovo, abbassando lo sguardo verso il libro e fingendo di essere talmente interessato al contenuto da non potermi distrarre.

Lui ci poggiò sopra il blocchetto. «Com'è andata?»

Sospirai, chiudendo il libro e allontanandomi da mio padre facendo leva sui pugni. – Ero alla battuta e dopo aver colpito la palla stavo correndo verso la prima base. Jordan mi ha detto che ero eliminato, così mi sono fermato. Invece ero ancora in gioco, l'esterno sinistro gli passa la palla e lui mi ha toccato per buttarmi fuori. Mi ha trattato come un idiota, papà. Solo perché ora sono sordo non significa che sia diventato anche scemo.

«È orribile,» scrisse lui. «Ma non credo che Jordan ti consideri uno scemo».

– No? E allora perché l'ha fatto? Voleva solo ridere di me? Mi ha fatto sentire uno stupido –. Incrociai le braccia al petto. Anche se non avevo voglia di parlarne, sfogarmi con papà mi fece sentire un po' meglio. Dopo pochi istanti dovetti sciogliere le braccia per asciugarmi gli occhi. – Mamma mi ha detto che Patrick è passato di qui e poi ha chiamato due volte per sapere come stavo. Le ha detto che è quasi venuto alle mani con Jordan, – continuai scuotendo la testa. – Non mi è sembrata molto contenta.

Papà mi massaggiò delicatamente una spalla e mi sorrise. «No, in effetti non lo era».

– L'ho lasciato lì da solo, papà, – proseguii. – Il mio migliore amico era lì a difendermi e io l'ho lasciato solo. Che razza di amico sono? Sono stato un vero codardo. Di sicuro non vorrà più vedermi. Non riesco più a giocare a baseball come prima, e scappo alla prima difficoltà –. Afferrai il cuscino e ci affondai il viso. Papà mi massaggiò delicatamente una spalla sorridendomi, poi mi mostrò cos'aveva scritto sul blocco. «Ma se hai appena detto che è passato qui e ha telefonato un sacco di volte. Se non foste più amici non lo farebbe, non pensi?»

– Magari chiamava per dirmi che non siamo più amici.

Papà scosse la testa, poi disse con i segni: «Non credo».

– Ci ho pensato, papà, vorrei andare a vedere quella scuola a Rochester di cui ci ha parlato il dottor Allen. So che è ancora estate, ma non penso di voler tornare alla vecchia scuola. Non sono ancora pronto.

Papà si limitò a guardarmi.

– Non voglio ritrovarmi con altri come lui. Non mi fa bene. Se torno in quella scuola, troverò più persone simili a Jordan che a Patrick.

«Non essere ingiusto,» scrisse papà. «Devi dar loro almeno una possibilità».

– E perché? Jordan mi ha forse dato una possibilità?

«Siamo solo a luglio».

– Andiamo almeno a dare un'occhiata. Ti prego.

«Rochester è a un'ora di macchina. Non credo sia fattibile. Oltretutto, se cambi scuola non riuscirai a vedere i tuoi amici così spesso».

– Quali amici? – Sbuffai.

«Patrick».

Distolsi lo sguardo dal blocco. – Se vuole ancora essermi amico, non avrà importanza dove andrò a scuola.

«Giusto. E che mi dici degli altri amici, dei tuoi insegnanti?»

– Che devo dire? A meno che non imparino la lingua dei segni anche loro, cosa avremmo in comune? In che modo potremmo comunicare? Non capisci, papà? Sono sordo. Non sento più nulla. Non posso sostenere una conversazione se non ho quel maledetto blocco sempre con me. Che schifo di vita! – Detestavo il fatto di non poter sentire ciò che dicevo. Temevo di biascicare le parole, di sbagliarne la pronuncia. Non avevo più modo di sapere che suono avesse la mia voce.

Papà mi prese per le spalle, e io mi avvicinai leggermente. – Non capisco perché mi sia dovuta succedere una cosa simile. Perché io? Che ho fatto di male per meritarmi questo? – Sapevo di aver alzato la voce. Sentivo la gola in fiamme.

«Non credo di avere una risposta a questa domanda».

Mi alzai in piedi. – Non puoi capire come mi sento. Nessuno può farlo –. Con un rapido gesto del braccio rovesciai tutto ciò che stava sulla cassettiera a terra. Sentii le vibrazioni dei vari oggetti che impattavano con il pavimento sotto le piante dei piedi.

– Senti che rumore fanno, papà? Io no. Se mi fai tornare in quella scuola, hai la minima idea di quante altre cose non potrò sentire? Eh? Esatto, *niente*. Sentirò solo vuoto intorno a me. Non verrò solo messo da parte, papà, sarò completamente solo.

Seguirono diversi minuti di silenzio, in cui mio padre era intento a scrivere. Non avevo la minima voglia di aspettare che finisse. Sapevo che non era colpa sua se ora stavo così, ma in quel momento non aveva importanza. Feci per aprire la porta, ma papà mi fermò mettendomi una mano sulla spalla e porgendomi il blocco.

«Non ho mai detto che non puoi andare in un'altra scuola. Io e la mamma vogliamo aiutarti e supportarti in ogni modo possibile. Non sei più un bambino. Se vuoi tornare alla vecchia scuola, ti aiuteremo a fare tutti i cambiamenti che serviranno. Se vuoi andare a vedere la scuola di Rochester, fisseremo un appuntamento appena possibile. Va bene?»

Lo guardai. Credevo che nessuno potesse comprendere cosa stessi passando. Anche se mi preoccupavo principalmente del mio dolore, sapevo che le mie parole l'avevano ferito. – Non riesco a spiegare tutto questo, papà. Come ci si sente, quanto sia cambiata la mia vita, – dissi.

Lui mi fissò per diversi istanti, poi tornò a scrivere. «È vero, non posso capire cosa tu stia passando o come ti senta. Farei volentieri a cambio, se fosse possibile. Puoi non credermi, ma lo farei in un attimo. Se vuoi, mi metterò i tappi alle orecchie per tutto il tempo necessario, anche mentre sono a lavoro, se secondo te può servire a farmi comprendere».

Provai a sorridergli, anche se in realtà volevo solo piangere abbracciato a lui. Invece aprii la porta della mia stanza, e prima di andarmene gli dissi: – Grazie, papà. Lo apprezzo molto.

«Vado a comprare i tappi, allora?» Scrisse ancora lui. Scossi la testa.

– Non sarebbe lo stesso. Sapresti sempre di poterli togliere a tuo piacimento.

CAPITOLO QUINDICI

Dal finestrino vidi un cartello a lato dell'interstatale che ci dava il benvenuto a Rochester. Da Batavia in teoria ci voleva poco meno di un'ora, ma mi sembrava fosse passata un'eternità da quando eravamo partiti. Proprio mentre mi chiedevo quando saremmo arrivati, mamma mi disse con i segni «ci siamo quasi».

Due giorni dopo che papà aveva chiamato per prenotare la visita alla scuola, avevamo ricevuto diversi opuscoli informativi. Dopo aver sfogliato i primi, mi ero domandato a chi mai potesse importare della storia di una scuola, ma ogni tanto c'erano dei passaggi interessanti, così mi ero imposto di leggerli tutti. Tutto sommato, non era poi così male che quell'istituto fosse nato nell'Ottocento grazie a una coppia che aveva una figlia sorda.

A una prima occhiata il campus, circondato per intero da file di alberi, sembrava consistere di un paio di palazzi molto grandi e vecchi. Una volta parcheggiato, rimasi sbalordito dall'effettiva vastità di quel posto. Con la visuale sgombra dagli alberi, notai molti altri edifici sparsi per il complesso. Una donna guidava una fila di bambini da un palazzo all'altro; poco distante, due ragazzi probabilmente miei coetanei giocavano a pallone, e un gruppo di ragazze sedevano attorno a un tavolo da picnic all'ombra di un acero, intente a parlare con la lingua dei segni.

In quel periodo si stavano svolgendo i corsi estivi, e il personale ci aveva detto che era un ottimo momento per una visita guidata. Mi sentivo un po' agitato. A forza di pensarci, ero sempre più convinto di non voler andare alla South Side con Patrick. I miei sapevano che temevo di diventare lo zimbello della scuola, ma al contempo ero anche preoccupato di non riuscire a stare al passo con le lezioni. Ammetto di aver insistito particolarmente sul secondo punto mentre ne parlavo con mamma e papà. In realtà era già difficile iniziare le superiori da normodotato, figuriamoci ora che dovevo anche abituarmi alla mia nuova condizione.

– Siete sicuri che non si paghi per frequentare qui? – Domandai. Mi avevano assicurato che scuole come questa erano finanziate dallo Stato, ma la cosa non mi quadrava. Se avessi deciso di frequentare lì, avrei anche dovuto viverci. Quindi lo Stato mi avrebbe pagato per vivere lontano da casa?

La mamma si girò verso di me e, con un sorriso rassicurante, fece segno di no. Sarà stato anche gratis, ma in effetti era davvero lontano da raggiungere in macchina.

Non riuscivo a immaginare una scuola frequentata solo da persone con problemi di udito; a dire il vero, prima di ritrovarmi sordo non credevo nemmeno esistessero strutture del genere.

Scendemmo tutti e quattro dalla macchina. Brenda, visibilmente nervosa, afferrò la mano della mamma. Provai a tranquillizzarla sorridendole più volte, e lei puntualmente ricambiava. Volevo assicurarle che sarebbe andato tutto bene.

Gironzolammo brevemente tra gli edifici nei pressi del parcheggio; erano imponenti palazzi di mattoni rossi piuttosto vicini tra loro, intervallati da piccole aiuole, marciapiedi e qualche albero. Ma cosa succedeva al loro interno? C'erano classi piene di studenti? Gli insegnanti trattavano gli stessi argomenti che si studiavano nelle scuole normali?

Brenda aveva gli occhi sgranati e le labbra contratte in una smorfia: sapevo che anche lei non sapeva cosa pensare o cosa aspettarsi da quel posto. Con i gesti mi disse: «Bello,» facendo scivolare il palmo di una mano contro l'altro. Feci un cenno di assenso, continuando a guardarmi intorno. In effetti non era niente male. Cercai altre persone con lo sguardo. A parte quelle viste all'esterno, sembrava non ci fosse nessuno. Ero curioso di vedere cosa indossassero i ragazzi della mia età: o meglio, le persone sorde si vestivano come gli altri? Di solito io e Patrick portavamo magliette larghe, scarpe da ginnastica e, se il tempo reggeva, calzoncini di jeans per buona parte dell'anno.

Voltandomi brevemente mi accorsi che mio padre si era fermato a parlare con una ragazza. Immaginai che le stesse chiedendo dove fosse l'edificio Perkins, il luogo che ci era stato indicato per l'incontro al nostro arrivo. Lei era bionda, con gli occhi azzurri, e sembrava avere più o meno la mia età. Portava jeans e scarpe sportive, e sottobraccio teneva un enorme volume dalla copertina nera, con incisioni dorate. Era una Bibbia. A un certo punto scosse la testa, indicò il proprio petto e subito dopo le sue labbra e un orecchio. Aveva detto di essere sorda. Papà lanciò un'occhiata a mamma, rosso in viso dall'imbarazzo. Si scusò con la ragazza massaggiandosi il petto con un pugno. Lei sorrise stringendosi nelle spalle. Non riuscendo più a esprimersi con i pochi segni che sapeva, papà ricorse al solito blocchetto, su cui scrisse qualcosa per poi mostrarlo alla ragazza. Poi, alzando un dito e agitandolo avanti e indietro, le chiese con i segni: «Dove?»

Lei sorrise e indicò un grande edificio di mattoni, pieno di finestre coperte da grandi imposte. Se fosse stato buio e ci fosse stata una coltre di nebbia, avrei potuto scambiarlo per l'ingresso di una casa stregata. Tutt'a un tratto, la ragazza guardò verso di me e mi sorrise; istintivamente ricambiai. Per qualche ragione, sembrava aver percepito che fossi sordo. Iniziò a muovere rapidamente le mani e realizzai che mi stava parlando nella lingua dei segni, ma mi affrettai a scuotere la testa per scusarmi. «Sto ancora imparando».

Lei mi puntò l'indice. Usando lo stesso dito si toccò l'orecchio e le labbra, si sfiorò la bocca dal basso verso l'alto solo con la punta. Dopodiché passò alla familiare altalena con i pollici. Mi ci volle un abbondante minuto per riconoscere quei segni e tradurli nella mia testa. Letteralmente aveva detto: «Sordo, non sordo, quale dei due?». Dunque, mi stava chiedendo se sentissi o no. Risposi mimando «sordo».

Con entrambe le mani mimò prima la lettera H, poi la X. Voleva sapere come mi chiamassi.

«Mark,» risposi usando l'alfabeto manuale. Lei fece altrettanto: «Samantha». Annuii. Non sapevo cos'altro dire. Papà mi diede un colpetto sulla spalla e mi mostrò l'orologio che portava al polso.

Samantha giunse le mani. Conoscevo quel segno, significava «scuola». Poi le sporse e le inarcò, abbassandole di qualche centimetro: «qui». Mi stava chiedendo se avrei frequentato quella scuola, al che risposi «forse».

Lei mimò la lettera S, poi se la portò all'angolo destro della bocca e agitò leggermente la mano, avanti e indietro. Aveva detto «mio segno nome», ma non avevo idea di cosa significasse, così mi limitai a ripetere la sequenza. Samantha

IL SUONO DEL SILENZIO

sembrò trasalire e tirò fuori un cercapersone dalla tasca dei jeans per mostrarmelo. Sul piccolo monitor scorrevano delle parole. Se lo mise nel palmo della mano e poi fece finta che stesse per saltare via: «Vibra,» disse con i segni, rivelandone così il funzionamento. Sorridendo nuovamente, mimò: «Devo andare». Ero affascinato dalla facilità con cui si esprimeva con le mani, era evidente che non dovesse pensare più di tanto a come tradurre in gesti ogni singola parola. Mi era piaciuto vedere le sue dita piegarsi e distendersi, i suoi polsi piegarsi e ruotare con una naturalezza impressionante. Sarei mai arrivato a un livello simile?

Si sfiorò il mento con le punte delle dita e poi si batté il dorso di una mano contro il palmo dell'altra; per finire, si passò il dito medio sotto il mento. «Buona fortuna». Mi salutò con la mano e la seguii con lo sguardo finché non la vidi entrare nell'edificio di fronte al Perkins. Era solo la seconda persona sorda che incontravo in vita mia, dopo la mia insegnante di lingua dei segni. Ma lei non contava, essendo un'insegnante.

Mentre ci dirigevamo verso l'edificio Perkins, Brenda mi saltellò davanti e mi mandò dei baci. Poi mi rimproverò scherzosamente, strofinandosi le dita come se stesse cercando di accendere un falò. Infine, dopo avermi indicato, ripeté con i segni il nome di Samantha. Feci come per scacciarla, ma non riuscivo a trattenermi dal sorridere. Non mi dispiacque pensare di essermi appena fatto una nuova amica.

CAPITOLO SEDICI

L'interno dell'edificio Perkins era l'opposto di come me l'ero immaginato. L'impressione era quella di un'enorme casa trasformata in una serie di uffici. Una grande scala conduceva a quelle che sembravano camere da letto. La carta da parati che ricopriva i muri era intervallata da grandi ritratti racchiusi da cornici dorate. Le porte erano alte quasi il doppio di tutte quelle che avevo visto in vita mia, e la maggior parte di esse erano tenute aperte da piccoli fermaporte in legno. Ci dirigemmo verso la reception, e immaginai gli assi del pavimento cigolare sotto la spessa moquette.

Una donna ci rivolse una specie di saluto militare da dietro il bancone, e vidi papà dirle qualcosa. Lei ci fece cenno di sederci poco distante. Qualche istante più tardi da una delle grandi porte sbucò una donna talmente alta da sembrare una giocatrice di basket professionista. Anche lei ci salutò con lo stesso strano gesto della signora della reception, per poi fare lo spelling del proprio nome con le mani: Nancy Funnel. Contemporaneamente lo aveva anche mimato con le labbra. Ognuno di noi fece altrettanto.

Mi domandai se mentre usava i segni parlasse, così le chiesi: «È sorda?»

«No,» disse. «Sei bravo con la lingua dei segni».

«Grazie,» risposi io. I suoi capelli neri erano sciolti e le arrivavano alle spalle, e indossava una camicia blu scuro e pantaloni marrone chiaro. La signorina Funnel ci fece accomodare nel suo ufficio e richiuse la porta dietro di sé. Invece dei ritratti noiosi visti poco prima, qui erano appesi dipinti raffiguranti delle mani fuori fuoco su sfondi molto colorati. Aveva degli strani gusti in fatto di arte... presi a fissare uno dei quadri, e ne compresi il significato. Scossi la testa. Le due mani del dipinto, una di fianco all'altra, avevano gli indici puntati verso l'alto; l'aggiunta dell'effetto mosso faceva sembrare che i due indici indicassero a intermittenza il cielo. Era il segno per la parola «stelle», e infatti in cima alla punta di ciascun dito c'era una stella. Era davvero bello.

«Ti piace?» Chiese la signorina Funnel.

Annuii. – Lo vedo, credo di riuscire a comprenderlo. È difficile da spiegare.

«So cosa intendi,» rispose lei con i segni.

Brenda, che era accanto a me, ripeté «stelle» e poi commentò: «Bello». Le misi una mano su una spalla, e qualche istante dopo la signorina Funnel ci fece cenno di sederci di fronte alla sua scrivania. Mia sorella si sedette vicino a me, avvicinando la sua sedia il più possibile alla mia. Le feci l'occhiolino, e quando lei provò a fare altrettanto finì per strizzare entrambi gli occhi.

La signorina Funnel riprese a parlare con i segni, guardando soprattutto me. Avevo afferrato solo qualche parola, quindi le chiesi di ripetere la frase. Per aiutarmi, rallentò nei gesti: «Mi vedrai parlare sia con la bocca che con i segni. È buona educazione usare la lingua dei segni davanti alle persone sorde, così capiscono che la si conosce».

Annuii, mimando un «ok». Lei continuò a comunicare a gesti, ma di nuovo dovetti chiederle di ripetere. Pur muovendosi lentamente, stava facendo dei segni che non conoscevo e quindi non avevo la più pallida idea di cosa stesse dicendo.

Papà scrisse per qualche istante e poi mi mostrò il blocchetto. «In mattinata abbiamo un appuntamento con il dottor Stein».

– Chi sarebbe? Perché dobbiamo incontrarlo? – Il ronzio era tornato, ed era più forte del solito. Mi passai un dito nell'orecchio, ma non servì a molto.

«Incontra tutti i nostri studenti. Ti piacerà,» disse la signorina Funnel con i segni. Non ero convinto mi sarebbe piaciuto parlare con un dottore, ma decisi di non trarre conclusioni affrettate. Papà, seduto al lato opposto di Brenda accanto a me, riprese a scrivere e poi girò il blocco in modo che potessi leggere anche io la domanda che stava ponendo alla signorina Funnel. «L'anno scolastico si svolge in modo diverso?»

Lei rispose continuando a usare anche i segni, ma le note appuntate da mio padre mi aiutarono a comprendere tutto quello che diceva. I suoi gesti erano vivaci e aggraziati allo stesso tempo, forse anche più della mia insegnante di lingua dei segni, tanto che la faceva sembrare tremendamente facile. Forse, date tutte le lezioni che avevo seguito e quante ore ci avevo dedicato in autonomia, ero diventato una specie di esperto. Guardando Samantha prima e la signorina Funnel ora, mi resi conto di essere ancora un principiante nella pratica. Feci un respiro profondo, attirando su di me gli sguardi di tutti. «Scusate,» dissi a gesti.

Quando papà ebbe finito di prendere appunti, sbirciai quello che aveva scritto. «Stesso calendario delle altre scuole. Stessi corsi. In estate tornano tutti a casa. I corsi estivi sono iniziati dopo il 4 luglio e terminano a metà agosto. Alcuni studenti più grandi trascorrono il periodo estivo affiancando lo staff nell'assistenza agli studenti più giovani. Gli studenti tornano a vivere qui il primo giorno di scuola».

La mamma alzò la mano, poi domandò mimando: «Tornano a vivere qui?»

Cercai di seguire per lo più le mani della signorina Funnel mentre rispondeva, ma alla fine dovetti comunque aiutarmi con le note di papà. «Centocinquanta studenti. La maggior parte NON vive nel campus. Molti si appoggiano nei dormitori da lunedì a venerdì, tornano a casa nei fine settimana. Nello Stato di New York ci sono solo otto scuole per sordi, e questa è la più vicina in un raggio di oltre cento chilometri. Nei primi anni dopo la sua fondazione, gli studenti non tornavano a casa quasi mai. Di recente, invece, i ragazzi hanno potuto tornare nei fine settimana, per le feste e nella pausa estiva».

Vidi la mamma poggiare una mano sulla gamba di papà, come se fosse sorpresa. Dalla sua espressione capii che non era molto entusiasta all'idea. Papà trascrisse la domanda che la mamma aveva appena posto, e me la fece leggere. «E nostro figlio? Anche lui dovrà vivere qui?»

Pochi istanti dopo arrivò anche la trascrizione della risposta della signorina Funnel. «No, non è obbligato. Incoraggiamo sempre l'unità della famiglia e facciamo in modo che i ragazzi restino a casa loro, quando possibile. Voi arrivate da Batavia, non è proprio dietro l'angolo. Il campus chiude il venerdì pomeriggio alle sei; i ragazzi vanno a casa e tornano il lunedì, alla riapertura. Le lezioni iniziano alle otto e mezza del mattino: riuscireste ad accompagnare vostro figlio e tornare a prenderlo ogni giorno?»

Lanciai un'occhiata a papà. Lui alzò le spalle, ma sapevo

già che era impossibile fare così. Lui lavorava vicino Buffalo, che era nella direzione opposta rispetto a Rochester. La mamma invece doveva essere a casa sia di mattina, quando accompagnava Brenda a prendere lo scuolabus, che di pomeriggio, quando aspettava che tornasse.

«Perché Mark dovrebbe frequentare questa scuola, e non una vicino casa?» Papà mi fece leggere la domanda che aveva appena posto. La signorina Funnel gesticolò e parlò per diversi istanti, e papà si limitò a prendere appunti veloci.

«Mark deve stare in mezzo a persone come lui».

«Una scuola normale va bene per quelli che non hanno problemi di udito».

«Qui si possono praticare calcio e basket, e ci sono club di scacchi e fotografia».

«C'è un centro ricreativo, un consiglio studentesco, davvero di tutto».

«È tutto pensato per i ragazzi con problemi di udito».

I miei non facevano che annuire. La signorina Funnel continuò, e papà seguitò a scrivere.

«Mark lavorerà con uno specialista della lingua dei segni, farà lezioni individuali e di gruppo».

«Imparerà anche da altri studenti».

«Gli studenti a volte riescono a imparare meglio tra loro che dagli insegnanti».

«Mark non sarà un emarginato».

«Quanto sono grandi le classi?» Scrisse papà.

La signorina Funnel sorrise. «Le classi vanno dai quattro ai dodici studenti. Altre domande?»

Guardai la mamma, sospettando che avesse ancora delle perplessità ma che volesse parlarne da sola con la signorina Funnel. Ricordo la prima volta che andai a dormire a casa di Patrick, e lei dopo avermi accompagnato parlò per svariati minuti con la mamma di Patrick mentre noi due stavamo in piedi come due stoccafissi nel salone. Quando finalmente ci decidemmo di uscire a giocare, sentivo ancora la sua voce dalla camera da letto di Patrick. In seguito, scoprii che aveva fatto diverse domande e raccomandazioni abbastanza imbarazzanti, come ad esempio: «Assicurati che vada in bagno prima di addormentarsi». Aveva forse paura che bagnassi il letto? O ancora, «se vuole tornare a casa, chiamami a qualsiasi ora e verrò a riprenderlo», come se fosse sicura che non dormendo nel mio letto avrei fatto brutti sogni. Erano passati molti anni da allora, ma non potei fare a meno di chiedermi se avrei più dormito a casa di Patrick.

La signorina Funnel mi toccò leggermente la spalla. «Nessuna domanda?»

– Cos'è un segno nome? – Chiesi.

Lei scosse la testa. «Solo lingua dei segni».

Non la guardai negli occhi mentre ripetevo la domanda con le mani, ma mi concentrai esclusivamente su di esse, su come le muovevo. Mi sentii avvampare: lei era molto più brava di me. E se non fossi riuscito a farmi capire? Invece lei mi tranquillizzò sorridendo, confermando che non avevo fatto errori e rispondendo a gesti: «Un soprannome».

«Ho conosciuto Samantha,» le spiegai, replicando poi il segno nome che la ragazza aveva usato verso la fine della nostra conversazione.

«Esatto. Vedi, è più facile usare un segno nome anziché fare lo spelling del proprio ogni volta,» disse la signorina Funnel. «Samantha, sì. Nel periodo estivo frequenta delle lezioni aggiuntive di arte,» disse ancora, combinando lingua dei segni e alfabeto manuale.

«E il mio segno nome qual è?»

«Lo decideranno i tuoi amici», rispose lei. «Non puoi darti un soprannome da solo, dico bene?»

In realtà non ero molto d'accordo, ma non dissi nulla. Papà fece un cenno per far capire di voler chiedere qualcosa, e dopo un paio di tentativi con la lingua dei segni, si arrese e tornò a scrivere sul blocco. «Se decidessimo di iscrivere Mark, cosa dovremmo fare?»

Chissà quanto dovevamo sembrarle buffi, con il nostro modo di comunicare ancora così goffo e sconnesso. Per una frazione di secondo mi parve di vedere la signorina Funnel ridere sotto i baffi, ma non si stava facendo beffe di noi. Dava più l'idea di essere un'espressione di compiacimento, per l'impegno che stavamo mettendo nell'esprimerci al meglio con quel poco che avevamo imparato, senza farci scoraggiare dagli errori.

Con i segni, rispose: «Ci sono diversi documenti da compilare per ottenere il nullaosta da parte della scuola a cui Mark è iscritto adesso». La signorina Funnel doveva aver colto un'espressione abbattuta sul viso della mamma, perché subito aggiunse: «Non vi preoccupate. È il mio lavoro. Oggi iniziamo con i primi moduli, quelli che richiedono più tempo per l'approvazione da parte dello Stato. E anche se alla fine Mark decidesse di non iscriversi, non ci sarebbe alcun problema».

CAPITOLO DICIASSETTE

La signorina Funnel ci fece visitare diversi edifici del campus. Riuscivo a tenere il passo dei miei, ma dovevo ancora concentrarmi su ogni singolo passo e stavo iniziando ad avere qualche giramento di testa. Anche se avevo smesso di usare il bastone, una parte di me si rendeva conto che a volte mi serviva ancora. L'altra invece era cosciente che anche portandolo con me, avrei fatto di tutto per non usarlo ed evitare di attirare l'attenzione.

Quando la signorina Funnel smise di camminare per indicare alcuni edifici del campus, non seguii la sua spiegazione. Il mio sguardo si posò su due ragazzi che passeggiavano per le aiuole passandosi ripetutamente un pallone da calcio, e continuai a osservarli finché non scomparvero dietro l'angolo. Come sarebbe stato vivere lì? Quei colossi di mattoni non somigliavano neanche lontanamente a casa mia; fin da subito immaginai che mi sarei sentito più un paziente che un alunno. Già il pensiero di lasciare la mia famiglia era duro da digerire; ma Whitney? Cos'avrebbe fatto Whitney senza di me? Non volevo tornare nella scuola che avevo frequentato fino a quel momento, ma al contempo non mi allettava nemmeno l'idea di fare da cavia in quel posto. D'altro canto, però, non era un po' come andare all'università? In genere dopo il liceo molti se ne vanno di casa. Era lo stesso, no?

Ma nessuno di loro era sordo. Forse i sordi nemmeno ci andavano all'università.

Tra l'altro, che lavoro avrebbero potuto fare i sordi?

Avrebbero? Casomai... avremmo.

Che lavoro avremmo potuto fare noi sordi? Non i piloti: come avremmo potuto sentire le varie istruzioni dalla torre di controllo? Da dottori, come avremmo potuto comunicare con i pazienti? Come avrebbe potuto un avvocato sordo convincere una giuria che non comprendeva la lingua dei segni, un poliziotto sordo sentire le comunicazioni via radio, un pompiere sordo districarsi in un edificio in fiamme senza poter comunicare con i colleghi o con le persone da salvare?

Ormai non sarei nemmeno potuto diventare un giocatore di baseball professionista.

Quando arrivammo di fronte allo studio del dottor Stein, rimasi interdetto nel leggere la targhetta sulla porta, che sotto il nome recava la scritta «psicologo».

– Credevo che dovessi fare qualche esame fisico. Perché devo vedere uno psicologo? – Domandai.

«Per tutte le famiglie è previsto un primo incontro alla fine di una visita guidata,» rispose la signorina Funnel a gesti.

– È perché sono ancora poco abituato a essere sordo? – A volte era più facile parlare. Forse aveva capito anche lei, perché non mi costrinse a ripetere il tutto con i segni.

«No, affatto. Ti farà solo qualche domanda, e tu potrai fargliene a tua volta».

Non sapevo assolutamente niente sugli psicologi, a parte il fatto che spesso venivano definiti anche "strizzacervelli", il che non aiutava per niente a tranquillizzarmi. Che genere di domande mi avrebbe fatto, e che tipo di risposte si aspettava da me? E io che domande avrei dovuto fargli?

La signorina Funnel bussò alla porta dello studio. La mia mente si sforzò invano di captare il suono delle sue nocche contro il solido legno della porta. Dietro quest'ultima ci si svelò un ampio ufficio, con scaffali zeppi di libri e un pavimento di moquette verde. La scrivania era sepolta da documenti e altre cianfrusaglie, ma il dottore sembrava a suo agio in mezzo a quel caos.

«I Tanner? Salve!» Segnò, alzandosi in piedi. Era piuttosto alto, ma non quanto la signorina Funnel, e i suoi capelli brizzolati erano folti, leggermente ondulati. Indossava una camicia con i bottoni e le maniche arrotolate fino ai gomiti, un paio di jeans e scarpe da ginnastica. Decisamente non il tipo di vestiario che mi aspettavo da un dottore, ma nel complesso non mi dispiaceva. Dopo aver stretto la mano a ciascuno di noi, ci fece accomodare.

Brenda e io ci sedemmo in mezzo a mamma e papà, intorno a un tavolino da caffè rotondo posto al centro dell'ufficio. Il dottor Stein ci raggiunse poco dopo trascinando la sua sedia girevole. Anche lui, come la Funnel, parlava e usava i segni contemporaneamente. «Ho visto che hai guardato come sono vestito. È la mia divisa estiva. Ma sfrutto qualsiasi occasione per non portare la cravatta,» ammise ridacchiando. Scappò da ridere anche a me.

«Il dottor Allen mi aveva avvisato che sareste venuti. Immagino che abbiate tutti molte domande,» disse.

Mentre papà, mamma e persino Brenda si misero a conversare con lui, rimasi a guardare. Anche se il dottore non mi tolse gli occhi di dosso per tutto il tempo, mi sentii escluso. Sopportai per diversi minuti, dopodiché mi alzai, attirando gli sguardi di tutti i presenti. – Aspetto fuori.

«Mi stavano dicendo tutti quanto gli piaccia la scuola. Tu che ne dici?»

– Io? – La stanza sembrò rimpicciolirsi di colpo, e la temperatura farsi sempre più calda. – Non vi preoccupate di me. Vedo che vi state divertendo.

«Mark?» Mi richiamò papà segnando il mio nome lettera per lettera. Il suo linguaggio del corpo era altrettanto chiaro nel rimproverare la mia maleducazione.

– Che storia è questa? Non mi serve lo psicologo. Non sono diventato pazzo –. Non volevo giocarmi la possibilità di essere ammesso a quella scuola, ma perché nessuno mi aveva avvertito che avrei dovuto parlare con uno strizza-cervelli?

«Ti prego, siediti. Nessuno ha detto che sei pazzo,» disse il dottor Stein.

– Non serve che lo diciate –. Sperai che la mia voce non fosse più che un sussurro. Non volevo urlare. Pochi istanti dopo vidi mamma, papà e Brenda alzarsi e uscire dallo studio. Il dottor Stein evidentemente aveva chiesto loro di lasciarci soli.

– Che c'è? – Chiesi stizzito.

«Perché non vuoi parlare con me?»

– Non sono pazzo.

«Certo che non lo sei. Ma devi essere arrabbiato».

– No.

«A me un pochino lo sembri».

– Beh, si sbaglia.

«Perché? Io al posto tuo lo sarei».

Quella risposta mi fece esitare per qualche secondo. – Davvero?

«Certo».

– In effetti un po' lo sono –. Pur di non guardarlo negli occhi, mi soffermai su diversi oggetti sparsi per l'ufficio.

C'era un bel mappamondo. Quelli che avevo visto finora erano semplici globi dipinti; il suo invece era decorato con tante pietre colorate, che andavano a comporre i vari oceani e continenti.

«Perché?»

– *Perché?* Perché ho perso l'udito.

Il dottor Stein recuperò un bloc notes giallo e scrisse: «Non hai perso l'udito. Così sembra che un giorno potresti riacquistarlo, che si tratti solo di una situazione temporanea dovuta a un tuo comportamento irresponsabile. Sei diventato sordo, Mark». Dopo aver finito di leggere, mi limitai a un'alzata di spalle.

«Che ne pensi della scuola?» Scrisse ancora lui.

– Mi piace. Credo.

Fissai il suo avambraccio che si muoveva mentre tornava a scrivere sul blocco. «Quindi in autunno verrai qui?»

– La signorina Funnel inizierà a occuparsi dei documenti. *Se* decido di venire qui.

«Tornerai a trovarmi a settembre? Così parliamo un po'».

Annuii. – Sì. Forse.

Il dottore scrisse un altro po', prima di porgermi il blocco. «È normale sentirsi arrabbiati o tristi in situazioni simili. Del resto, hai perso qualcosa di importante, e la tua vita è cambiata dall'oggi al domani. Ma sta a te rendere positivo questo cambiamento, Mark».

Avrei voluto dirgli: fa presto a dire così, dopotutto lei ci sente ancora. Che ne sapeva? Ma mi trattenni, dicendo solo:
– Certo.

CAPITOLO DICIOTTO

PATRICK E IO SEDEVAMO SULLA PICCOLA SCALINATA CHE dava verso il giardino di casa mia. Il sole picchiava forte quel giorno, dominando sul cielo completamente terso e rendendo impossibile qualsiasi attività, a parte starsene fermi e morire di caldo. Whitney aveva trovato un po' di ristoro all'ombra dell'acero. Le avevo lasciato una ciotola d'acqua, ma aveva l'aria talmente spossata da non riuscire nemmeno ad alzare la testa per prenderne anche solo un sorso.

Il guantone di Patrick giaceva abbandonato sull'erba, accanto alla sua bicicletta. Il mio era nella mia stanza, la mia bici ancora in garage. Non avevo voglia né di giocare né di andare a fare un giro. Quando l'avevo detto a Patrick ero convinto che se ne andasse: invece si sedette lì sulla gradinata con me, e ne rimasi sorpreso. Da quel giorno al parco non ero stato una gran compagnia, ma Patrick continuava a venire a casa per vedere se avessi voglia di fare qualcosa. In genere, quando passava a trovarmi mi comportavo in due modi: o lo evitavo del tutto, o mi limitavo a sedermi da qualche parte in giardino con lui, come stavo facendo in quel momento.

«L'estate è quasi finita,» scrisse sul blocchetto che aveva portato con sé.

– Passa sempre abbastanza in fretta, – convenni.

«Tua madre dice che ti hanno ammesso in un'altra scuola».

– Sì, per sordi, – e per poco non aggiunsi: come me, ma evitai di puntualizzare l'ovvio.

«Perché non vieni alla scuola dove vado anche io?» Mentre leggevo, sentivo i suoi occhi su di me.

– Abbiamo dovuto compilare un sacco di fogli per farmi ammettere in quella scuola. Se avessi iniziato l'anno in quella vecchia, avrei perso il posto. Se poi alla scuola normale mi fossi trovato male, non avrei avuto alternative, – spiegai, parlando lentamente nel tentativo di riuscire a captare la mia voce anche solo per una frazione di secondo. – Dato che mi hanno preso a Rochester, posso iniziare già la settimana prossima. Se non mi piace, posso tornare a frequentare qui senza problemi.

«Quindi è solo una prova?» Scrisse.

– Esatto.

«Spero non ti piaccia allora».

Per poco non gli chiesi il perché, ma sapevo già la risposta. Eravamo amici da sempre. – Non è che non ci vedremo più –. Lanciai un'occhiata a Whitney. Sembrava che se ne fosse accorta, perché diede un unico colpetto di coda sull'erba. – Tanto non è che sia così divertente stare con me adesso...

«Sei il mio migliore amico. Non mi interessa cosa facciamo, ma mi manca passare il tempo insieme a te,» scrisse in fretta e furia.

– Ah sì? E perché? Non posso più giocare a baseball; il

solo pensiero di salire in bici mi terrorizza. Per parlarmi devi scrivere tutto su un blocchetto. Che c'è di divertente?

Lui si limitò a sottolineare "migliore amico".

– Vogliamo fare qualche partita ai videogiochi?

Tornò a scrivere e poi girò il blocchetto verso di me. «Adesso sì che si ragiona!»

Dopo che Patrick se ne fu andato, scesi in garage a prendere un pallone e tornai in giardino. Dopo averlo posato a terra, mi guardai attorno più volte per assicurarmi che non ci fosse nessuno nelle vicinanze. Non ero un granché a giocare a calcio, e ne conoscevo il regolamento solo a grandi linee, ma pensai che mi avrebbe aiutato a fare progressi nella coordinazione dei movimenti e nell'equilibrio. Tentai un piccolo calcio di esterno, e il pallone rotolò di qualche metro. Lo raggiunsi e lo colpii imprimendo un po' più di forza, e stavolta lo inseguii correndo. Lo calciai ancora, provando anche a simulare un paio di dribbling fino ad arrivare alla recinzione, stando sempre attento a non esagerare.

Tutt'a un tratto inciampai. Non feci in tempo ad attutire la caduta con le braccia, che caddi di pancia sul pallone. L'impatto mi mozzò il respiro. Rotolai sulla schiena e trascorsi diversi istanti sdraiato, cercando di riprendere fiato. Il cielo non era più azzurro come prima. Il calore martellante del sole ora era smorzato da una leggera brezza, che trasportava pigramente alcune soffici e sparute nuvole, bianche come lo zucchero filato.

Perché io? Che male avevo fatto per meritarmi tutto questo? Il mondo era pieno di persone cattive: ladri, assassini... perché doveva succedere proprio a me?

Quando mi rimisi seduto, la mia testa sembrava un palloncino a elio. Mi puntellai al terreno con i palmi delle mani e, dopo aver atteso qualche istante, mi misi in ginocchio e mi alzai di colpo, sicuro di perdere di nuovo l'equilibrio e cadere in preda ai giramenti di testa. Invece stavo bene.

Bene. Cosa andava bene, di preciso? Il solo fatto di riuscire a stare in piedi?

Il calcio non era certo uno sport leggero. Fino a quel momento ci ero andato piano, così d'impulso caricai il calcio più forte che mi riusciva, senza però calibrarlo. Il piede passò appena sopra la palla senza nemmeno riuscire a sfiorarla, e prima che riuscissi a rendermene conto ero di nuovo ad annaspare a terra.

Forse non era la disciplina giusta per lavorare sull'equilibrio. All'inizio mi era sembrata una buona idea, ma quella figura barbina mi convinse a mettere via il pallone e rientrare in casa.

«Cena,» mi annunciò con i segni la mamma. Era in piedi di fronte al lavandino, e dopo essersi infilata i guanti da forno procedette a scolare una quantità industriale di spaghetti. Sfilò i guanti e segnò: «I tuoi preferiti!»

– Non ho fame. Preferisco andare di sopra e riposare un po' –. La mia scusa di rito.

La mamma annuì, con un'espressione comprensiva. Non sembrò voler insistere affinché stessi a tavola con loro. Realizzai che probabilmente mi aveva visto dalla finestra posta sopra il lavandino, e dati i risultati del mio esperimento aveva compreso che non fosse il caso.

Ad ogni modo, ero veramente stanco. Negli ultimi tempi avevo iniziato ad avere problemi a dormire. Quando arrivava l'ora di andare a letto, venivo preso dall'ansia all'idea di dover lasciare casa e passare la maggior parte del tempo nella nuova scuola.

Mi sdraiai sopra le lenzuola, incrociai le mani dietro la

testa e chiusi gli occhi. Avevo detto alla mamma di non voler mangiare, ma in realtà stavo morendo di fame, perciò non credevo di riuscire ad addormentarmi; invece, mi appisolai nel giro di pochi minuti e feci il sogno che ormai conoscevo a memoria.

Sto giocando una partita di baseball: non importa in che squadra mi trovi, o contro chi stia giocando. Istintivamente sapevo già a che punto mi trovassi: la fine del nono inning. Basi cariche, due out, due strike, tre ball. Mi veniva da sorridere, pur trovandomi in un momento estremamente cruciale.

Ero sul monte del lanciatore, fradicio di sudore come se qualcuno mi avesse appena fatto un gavettone. Decidevo di tirare un cambio, fermandomi però poco prima di caricare il lancio.

Non era mai successo nei sogni precedenti. Di solito mi soffermavo sui cori della folla, talmente assordanti da sovrastare anche i miei pensieri. Ma era proprio quello il problema: non potevo più sentire le urla dagli spalti, né i miei stessi pensieri. Allora mi giravo verso i gradoni e aguzzavo la vista, notando che il pubblico mi stava sì incitando, ma con la lingua dei segni.

«Vai, Mark!»

«Buttalo fuori!»

«Sei il migliore!»

Il suono mi aveva abbandonato anche in sogno.

CAPITOLO DICIANNOVE

SETTEMBRE

Era la mattina della partenza per la Scuola per Sordi di Rochester, e non sapevo come sentirmi. Tutti quelli che conoscevo sarebbero andati alla scuola di Batavia, ma ormai non ero più come loro. Inoltre, a parte Patrick, quasi nessuno dei miei vecchi amici era passato a chiedermi di andare a giocare insieme. Ad ogni modo, non aveva importanza: avrebbero potuto farsi vivi in cento, e non sarebbe cambiato nulla. Anche perché tutto quello che volevano fare i miei amici era giocare a baseball.

Recuperai una scatola per la pizza mai utilizzata da sotto il mio letto e la poggiai sopra le lenzuola. Al suo interno, diversi fogli di carta stagnola spillati tra loro tenevano al sicuro la mia collezione di figurine di baseball. Ce ne erano diversi mazzi, divisi in primis per squadre in ordine alfabetico, e poi per giocatori sempre dalla A alla Z.

Non ci misi molto a recuperare la mia preferita. Presi quella di Hoyt Wilhelm e mi soffermai brevemente sulle statistiche elencate sul retro, anche se ormai le conoscevo a memoria. Wilhelm, che si era ritirato nel 1972, era soprannominato "maestro delle knuckle ball". Aveva giocato quasi millecento partite, più di qualsiasi altro lanciatore nella Major League. Aveva all'attivo cento ventitré salvezze, fu lanciatore di rilievo in mille e ventotto partite, ovvero milleottocento settanta inning. Pur non avendo raggiunto le centocinquanta vittorie, fu il primo lanciatore di rilievo a entrare nella Hall of Fame. Anche se il più delle volte non veniva scelto come lanciatore partente, lui dava sempre il massimo. E soprattutto, almeno lui non era sordo.

Sapevo che non sarei più potuto entrare nel professionismo. Quale squadra ingaggerebbe un giocatore sordo? Non avrei nemmeno potuto terminare la stagione corrente. Ero ancora al punto in cui ogni tanto provavo invano a tirare due calci a un pallone per riacquistare un livello accettabile di equilibrio.

Sentii le guance avvampare. Una parte di me voleva buttare l'intera collezione dalla finestra: quelle carte non mi ispiravano più nulla, a parte un inquietante senso di vuoto. Dopo qualche istante mi limitai a richiudere la scatola e rimetterla al suo posto sotto il letto. Dopotutto, avevo dedicato moltissimo tempo a quella collezione.

Presi una valigia dall'armadio. Le mie figurine non mi avrebbero seguito nella mia nuova avventura, ma avevo bisogno di preparare alcune cose essenziali.

Il processo di ammissione, come l'aveva definito la scuola, era sembrato infinito. La signorina Funnel ci aveva fatto compilare pile infinite di scartoffie, la maggior parte delle quali doveva essere poi inviata allo Stato per l'approvazione finale. Dopodiché, mi ero dovuto sottoporre a test fisici e attitudinali. Ma finalmente era tutto finito, e da quel momento in poi la Scuola per Sordi di Rochester sarebbe stata la mia nuova scuola.

Papà aveva si era preso il lunedì di permesso, e Brenda avrebbe saltato il primo giorno di quarta elementare. Nel corso della mattinata, prima di arrivare alla scuola, avevamo deciso che avremmo fatto una ricca colazione a Rochester.

Tra i vari oggetti da mettere in valigia, presi il dizionario di lingua dei segni che mi aveva comprato la mamma. Era come un dizionario normale, solo che per ogni parola non c'era una definizione, ma una descrizione di come riprodurla sotto forma di segni, con tanto di illustrazioni. Ultimamente avevo trascorso molto tempo chiuso in bagno a esercitarmi, prestando particolare attenzione alla tecnica e cercando di velocizzare l'esecuzione dei gesti.

Tutt'a un tratto qualcuno aprì la porta, e istintivamente chiusi le mani a pugno. Brenda fece capolino e mi fissò per qualche secondo, come a volermi chiedere il permesso di entrare, che le accordai con un cenno della mano. Dopo esserci seduti sul bordo del letto, la vidi posare accanto a sé un pezzo di cartoncino bianco, per poi alzare la mano destra. Per un attimo credetti che stesse per farmi vedere un qualche numero di magia, ma poi mi disse con i segni che aveva disegnato una cosa per me. Ero davvero affascinato da quanto fosse brava con la lingua dei segni, sembrava lo facesse da una vita. E, tra l'altro, l'aveva studiata poco e niente: le era bastato imparare in classe.

– Sei davvero brava con i segni, Bren.

«Grazie».

Quando mi passò il cartoncino, non seppi bene cosa aspettarmi. Una volta aperto, non ero decisamente pronto alla reazione che il suo disegno mi suscitò.

Era un mio ritratto, ma mi aveva disegnato con i capelli a spazzola tipici dei militari, la fronte aggrottata e gli occhi grandi e rotondi. Mi aveva fatto il naso talmente lungo che a momenti sembrava una pista da sci, e le labbra esageratamente carnose. Non riuscivo a capire se nel disegno stessi sorridendo o meno. Comunque, nel complesso era interessante.

«Questo sono io,» segnai. Lei annuì. Mi alzai e mi avvicinai allo specchio. In effetti un po' mi somigliava. Mi girai verso Brenda tenendo il suo disegno alla stessa altezza del mio viso, come a volerle confermare quanto fosse realistico il suo ritratto. Il suo sorriso si trasformò in una risatina.

Tornai a sedermi accanto a lei per farle il solletico, e non ci volle molto perché iniziasse a divincolarsi qua e là nel tentativo di sfuggirmi. Pochi istanti dopo, però, mi fermai. Sentivo la mancanza della sua risata, e non riuscire a sentirla mi rese triste. Lei mi guardò negli occhi, e pur avendo ancora il viso rosso dal tanto ridere, aveva di nuovo un'espressione seria. Non disse niente, ma probabilmente aveva capito a cosa stessi pensando.

Gettando uno sguardo più attento al suo disegno ne notai lo sfondo, su cui Brenda aveva disegnato il logo degli Yankees, formato da una Y sovrapposta a una N, entrambe di colore blu. Feci il segno per «Yankees», che era ovviamente uno dei primi che avevo imparato.

In fondo al disegno mi accorsi che Brenda aveva scritto, facendo particolare attenzione alla calligrafia, «Ti voglio bene», e subito a fianco una mano che diceva la stessa cosa nella lingua dei segni.

– Mi piace un sacco. È bellissimo.

Brenda mi prese il cartoncino dalle mani e lo girò. Sul retro aveva scritto anche: «Mi mancherai». Mi si gettò al collo. Non mi ero ancora accorto che stesse piangendo.

Di solito non ci abbracciavamo. Tra fratelli in genere si bisticcia, ci si litigano oggetti e attenzioni, ma da quando mi ero ammalato non era successo neanche una volta.

– Ti voglio bene –. Non ricordavo l'ultima volta in cui

gliel'avevo detto, sempre che l'avessi mai fatto. La strinsi ancora più forte. – Mi mancherai anche tu.

Più tardi fu papà a fare un salto in camera mia. «Fatto i bagagli?» Chiese.

– Sono accanto alla porta –. Lo seguii con lo sguardo mentre controllava le valigie e lo zaino che avevo preparato, per poi spostare il tutto nel corridoio. Quando tornò, disse: «Partiamo domattina presto».

– Va bene.

Continuò a guardare in giro per la stanza per qualche altro istante, poi si diresse in un angolo e raccolse il mio guantone e la mazza da baseball. «E questi?»

– Questi cosa? – Mi sedetti sul letto con le braccia incrociate.

«Non te li porti?»

– Perché dovrei? Non gioco più a baseball –. Facendomi leva con i pugni e i piedi, indietreggiai fino alla spalliera del letto. – Lasciali lì.

«Ma perché?»

– Non voglio portarli con me –. Lo fissai, conscio di aver alzato la voce; non tanto da urlare, ma abbastanza da fargli capire che per me la questione finiva lì. Non volevo essere costretto a portarmi qualcosa che sapevo già non avrei usato.

«E se ti venisse voglia di giocare?»

Scesi dal letto. – Non mi verrà –. Mi misi lo zaino in spalla e afferrai le valigie. Per poco non persi l'equilibrio, ma riuscii a mantenere il controllo delle gambe e la presa sui bagagli.

– Odio il baseball, – sentenziai infine varcando la porta.

CAPITOLO VENTI

Aprii gli occhi. Non vedendo filtrare alcuna luce dalla finestra, guardai l'orologio. Erano solo le cinque. Avrei potuto riposare un altro po', ma sapevo che non ci sarei riuscito. Decisi di alzarmi e prepararmi per il grande giorno. Una volta pronto, inforcai la porta pronto a montare in macchina in vista della partenza per Rochester.

Una volta uscito, mi bloccai e scuotendo la testa, dissi: – Ehi, Patrick! Che ci fai in piedi a quest'ora?

Portava dei jeans nuovi di zecca, così come nuove erano le scarpe da ginnastica che portava ai piedi. Con sé aveva anche l'immancabile blocchetto e una penna.

«Non potevo lasciarti partire senza salutarti,» scrisse. «È il primo giorno di scuola anche per me, l'alzataccia mi toccava comunque».

Dopo aver letto, scoppiai a ridere. Avrei voluto sentirla ancora, la mia risata. Iniziavo già a dimenticarla. – Grazie.

«Volevo anche darti questo». Dopo aver frugato per qualche istante nel suo zaino, estrasse un berretto degli Yankees e me lo porse. Mi sentii strano nell'accettarlo, dopo la sfuriata della sera prima con mio padre. Tra l'altro, gli

Yankees non mi avevano fatto niente di male, quindi perché prendermela con loro? Lo provai. – È stupendo, amico. Grazie!

«Figurati. Meglio che vada,» rispose tramite il blocco.

Mi rimproverai mentalmente per non avergli preso qualcosa anche io. Cercai di pensare al volo a qualcosa che avevo nello zaino, qualsiasi cosa da dargli anche solo per lasciargli un ricordo di me, ma non mi venne in mente nulla. – Magari possiamo fare qualcosa questo fine settimana?

«Certo. Divertiti a scuola».

– Anche tu!

Mentre papà faceva manovra fuori dal vialetto, Patrick rimase sul marciapiedi a salutarci con la mano. Ricambiai. Sapevo che sarebbe stato strano non essere più compagni di scuola, ma solo a partire da quel momento capii che stava succedendo davvero. Mantenni gli occhi fissi sulla sua schiena mentre rincasava, e mi chiesi se ci stesse pensando anche lui.

Come da programma, arrivammo a Rochester molto presto. Il ristorante dove avevamo deciso di fare colazione aveva un parcheggio enorme. Gli interni erano tutti marroni, come ad esempio i divanetti, o verdi, come le divise dei camerieri. Solo al centro della sala ci saranno stati almeno trenta tavoli. L'aria sapeva di pancake, sciroppo d'acero, bacon e caffè.

Ci sedemmo a uno dei tavoli più in fondo. Da quando ero diventato sordo, era la prima volta che mangiavamo fuori tutti insieme. Dal mio posto riuscivo a vedere più o meno tutta la sala. Quando arrivò la cameriera per prendere la prenotazione, ordinarono prima tutti gli altri e, quando fu il mio turno, prestai particolare attenzione alla pronuncia delle parole, perché temevo di biascicare o parlare a voce troppo bassa. Dopo aver ordinato, ripiegai il mio menù e lo tesi verso la cameriera, che però iniziò a dire qualcosa. Non capendo cosa mi avesse chiesto, mi girai rapidamente verso papà.

Le parlò con un'aria dispiaciuta, ma lei si affrettò a riaprire il cartoncino plastificato e indicarmi il piatto che avevo scelto: due uova strapazzate, pane di segale tostato e succo d'arancia. – Con del bacon al posto delle salsicce, – aggiunsi. Dopo che la cameriera se ne fu andata, mi feci scuro in volto.

«Che c'è?» Chiese papà usando i segni.

– Le hai detto che sono sordo, vero?

Lui alzò le mani al cielo. A quel punto intervenne la mamma.

«Cos'avrebbe dovuto fare? Ti aveva fatto una domanda».

Avevano ragione. Che mi aspettavo? Piano piano, tutte le persone intorno a me lo avrebbero saputo, sconosciuti compresi. Chissà perché credevo di poterlo mantenere segreto. Possibile che me ne vergognassi così tanto?

Dopo aver finito di mangiare, Brenda salì in macchina accanto a papà, perché la mamma aveva chiesto di stare vicino a me. Mi teneva la mano, massaggiandomi le nocche con il pollice. Non riuscivo a guardarla, ma mi accoccolai il più stretto possibile a lei così che potesse mettermi un braccio intorno alla spalla. Il pensiero di non avere la mia famiglia con me iniziava a spaventarmi più di quanto volessi ammettere. La prospettiva di vivere da solo in un campus dove conoscevo una sola persona, per di più adulta, mi fece rabbrividire. Il berretto degli Yankees, essendo nuovo, era ancora piuttosto rigido e mi stringeva la testa; ci sarebbe voluto qualche giorno prima che si ammorbidisse. Di solito, il modo migliore per battezzare un cappello da baseball era indossarlo sotto un bell'acquazzone, ma...

La mamma richiamò la mia attenzione su di lei stringendomi forte la mano. Mi indicò e mi chiese se stessi bene. Mi limitai a fare un cenno con la testa, per paura che dicendo anche solo "a" sarei scoppiato a piangere senza riuscire più a fermarmi. Ormai la mia nuova scuola era a pochi chilometri di distanza, e non avevo la minima intenzione di crollare. Dovevo essere coraggioso, anche per la mia famiglia. – Tutto bene, – riuscii a dire infine, con la voce strozzata.

«Nervoso?» Mimò lei.

– Un po'.

«Non devi rimanerci per forza. Possiamo organizzarci con una delle scuole vicino casa».

Scossi la testa e mi strinsi nelle spalle, come a dire: è troppo tardi, ormai siamo qui.

E in un certo senso, *era* troppo tardi. L'istinto mi diceva di implorare papà di fare inversione e tornare a casa, ma non so come mi trattenni.

Quando la macchina si fermò nel parcheggio della scuola, erano quasi le sette.

Sarebbe stato tutto diverso da quel momento in poi.

Tutto.

CAPITOLO VENTUNO

Nancy Funnel ci aspettava sulla soglia, e vedendoci arrivare ci salutò con un ampio gesto della mano, per assicurarsi di essere vista. Probabilmente sembravamo dei pesci fuor d'acqua, una famiglia che andava in villeggiatura in una località mai vista prima: papà portava le valigie, la mamma era piena di buste della spesa, Brenda portava in spalla il mio cuscino sembrando Babbo Natale con la sacca dei regali, mentre io stavo leggermente in disparte con il mio zainetto.

«Buongiorno,» segnò la signorina Funnel, che senza perdere troppo tempo ci guidò verso l'edificio Willis. «Questo è il dormitorio dei ragazzi. I più giovani al primo piano, quelli più grandi al secondo,» continuò mentre salivamo una scalinata.

Su una lavagna, sorretta da un cavalletto, c'era una lista di compiti da svolgere a turno: chi doveva portare fuori la spazzatura, chi lavare i pavimenti, o ancora chi doveva tenere in ordine la sala comune. Ma su tutto spiccava una scritta colorata e molto più grande, che recitava: «BENVE-NUTO, MARK TANNER».

La mamma mi guardò e sorrise. Provai a ricambiare, ma in quel momento mi si era aperta una voragine nel petto. Vedere quelle parole non mi fece sentire accolto, ma solo più vuoto. Era lì che avrei vissuto ora, lontano da casa, dalla mia famiglia.

La signorina Funnel si spinse fino alla fine del corridoio. Notai che alcune delle porte erano spalancate. Mentre ci passavo davanti diedi una sbirciata, notando le mura bianche e spoglie, i letti e gli armadi al loro interno. Quella in cui ci fece entrare la signorina Funnel era identica: muri bianchi, due letti, due armadi e due comodini, come se in mezzo alla stanza ci fosse uno specchio. Sul letto più vicino alla finestra c'erano delle lenzuola di Guerre Stellari, e sul comodino c'era qualche libro e una scatola di fazzoletti. Mi tolsi lo zaino dalla spalla e lo posai sull'altro letto. «Mio?» Chiesi a gesti.

La signorina Funnel annuì, chiuse una mano a pugno e la fece salire e scendere. «Sì». Mi spiegò poi che il mio compagno di stanza si chiamava Kyle e aveva otto anni.

– Otto? – Chiesi articolando la domanda anche con i segni. Era come dormire con mia sorella! Anzi, magari lo fosse stato. Non mi ci vedevo proprio a dormire con uno così piccolo.

«Sì! Non vede l'ora di incontrarti».

Non avevo dubbi. Lui guadagnava un fratello maggiore, io invece un moccioso a cui dover fare da balia senza guadagnarci un fico secco.

La mamma non perse tempo. Prese la valigia da papà, la aprì e iniziò a disfarla, organizzando per bene le mie cose nei vari comparti dell'armadio. Dopodiché passò alle buste della spesa, piene di dolcetti alla crema, patatine, un pacco di uvetta, gomme da masticare e altre bustine di frutta essiccata. A quella vista, la signorina Funnel scoppiò a ridere.

«Qui non facciamo morire di fame i ragazzi,» gesticolò. «Nella sala comune in fondo al corridoio c'è un frigorifero. Se vuole l'aiuto a sistemare tutto lì dentro».

La mamma si mise una mano sul petto. Non riuscii a capire cosa avesse detto, ma ero certo che fosse qualcosa del tipo: "sono sua madre, mi preoccupo solo per lui". Era la stessa scenetta che aveva fatto durante ogni singolo primo giorno di scuola, praticamente dall'asilo fino a oggi. Mi rendevo conto di essere fortunato con una mamma come lei, ma al contempo certe volte sarei voluto sprofondare dall'imbarazzo.

«Nella sala comune ci sono anche un tavolo, un piano cottura e un microonde,» spiegò ancora la signorina Funnel.

Con la coda dell'occhio notai che Brenda era in piedi sulla soglia della stanza, ciondolando da un piede all'altro con le mani dietro la schiena, e non faceva altro che fissare a turno il soffitto, i muri e il pavimento.

– Ti piace la mia nuova stanza?

Seppur imbronciata, fece di sì con la testa.

Le presi il cuscino e lo sistemai sul letto, poi aprii lo zaino e tirai fuori il disegno che mi aveva regalato il giorno prima, attaccandolo sopra al comodino con un pezzetto di nastro adesivo. Una volta terminato, cercai la sua approvazione con lo sguardo. Nel giro di pochi secondi, le sue guance diventarono rosse come mele mature. Giunse le mani e finalmente si sciolse in un sorriso. Mi inginocchiai verso di lei tendendo le braccia, e poco dopo mi saltò al collo e mi strinse forte. Sentii le sue lacrime inumidirmi leggermente la maglietta.

– Ho bisogno che tu faccia una cosa per me –. Sperai che la mia voce fosse solo un sussurro.

Brenda si allontanò leggermente e mi guardò dritto negli occhi. – Ho bisogno che tu ti prenda cura di Whitney mentre io sono qui, ok? – La gola prese a bruciarmi dallo sforzo che stavo facendo per non piangere. Non volevo che si preoccupassero per me, ma non mi stavano affatto rendendo le cose facili. – Avrà bisogno di qualcuno che la porti a passeggio, le dia da mangiare e si assicuri che abbia sempre acqua fresca da bere, tutti i giorni.

Brenda fece ripetutamente di sì con la testa, per dirmi che l'avrebbe fatto. Aveva le labbra tremolanti e il viso rigato dalle lacrime. Mi abbracciò ancora, stringendomi le braccia intorno al collo più che poteva. Spostai lo sguardo verso mamma e papà. Si abbracciavano anche loro, e anche a distanza riuscivo a vedere che avevano gli occhi velati di lacrime.

Quando uscimmo nel cortile del dormitorio, il sole si era fatto più alto e il campus sembrava completamente trasformato. Erano scoccate le otto, e tutt'intorno c'erano ragazzi di ogni tipo ed età, maschi e femmine. Chi di loro erano i miei nuovi compagni di classe? Notai alcuni gruppetti di quelli che sembravano miei coetanei, alcuni con lo zaino in spalla e altri con dei libri stretti al petto, diretti verso uno degli edifici. Vidi alcune coppie di genitori portare per mano bambini più piccoli in un altro palazzo. «Così giovani,» osservò papà con i segni.

– Sono sordi, non malati, – ribattei caustico.

«Non intendevo quello. Così giovani e già lontani da casa,» si difese lui.

Il traffico del parcheggio era stato incanalato in una rotatoria, così da permettere alle macchine solo di passaggio di far scendere facilmente i ragazzi.

Una volta tornati alla nostra macchina, papà tirò fuori il portafogli e mi diede qualche banconota. «Bastano?»

– Sì, papà, – mi portai le dita al mento e abbassai la mano. – Grazie.

«Chiamaci stasera,» disse la mamma, mimando il segno del telefono. Pur avendo installato il dispositivo telefonico per sordi, non avevamo ancora avuto l'opportunità di provarlo.

Quando finalmente montarono in macchina, di colpo mi si seccò la gola. Pensare di andare a vivere in un campus e poi ritrovarmi a farlo davvero erano due cose diverse. Mentre la macchina si allontanava, rimasi lì ad agitare la mano, continuando anche per diversi istanti dopo averla vista scomparire. Era come se le mie gambe fossero diventate di piombo. Ora che ero solo, non ero sicuro di ricordare cosa dovessi fare. Dovevo andare da qualche parte. La signorina Funnel mi aveva dato una mappa e una tabella con degli orari, ma... dovevo andare di nuovo da lei o dovevo già andare a qualche lezione?

Mi infilai le mani in tasca e mi girai lentamente, indugiando con lo sguardo sugli alberi, sul prato, poi sui vari edifici che componevano quel grande ammasso di mattoni. In giro c'era ancora qualche sparuto gruppetto di ragazzi, ma la maggior parte sembrava svanita nel nulla, segno che le lezioni stavano per cominciare.

Sotto un albero trovai la signorina Funnel ad aspettarmi, agitando vistosamente la mano. Giusto, prima dovevo ripassare da lei! Una volta che fui abbastanza vicino, mi mise un braccio intorno alle spalle e ci dirigemmo verso un edificio rettangolare e piuttosto lungo, al cui ingresso un cartello recitava: «Edificio Westervelt». Nell'atrio c'era una lunga fila di distributori automatici da un lato, mentre sugli altri muri erano appesi tantissimi quadri, raffiguranti mani dai colori sgargianti che facevano le cose più strane e disparate.

Attraversammo un'altra serie di porte. Sulla sinistra

c'era l'auditorium. Noi invece piegammo verso destra, e dopo aver salito qualche gradino, le varie classi si trovavano in fondo a un grande corridoio.

– Quanti ragazzi qui? – Chiesi accompagnandomi anche con i segni.

«In totale, cento quarantacinque. Le tue lezioni sono tutte al terzo piano. C'è anche la tua interprete ad aspettarti».

«Ho già delle lezioni questa settimana?»

«Alcune. Per lo più farai pratica con la lingua dei segni,» spiegò la signorina Funnel.

Mentre percorrevamo il corridoio, lanciai qualche occhiata all'interno delle classi, e ai ragazzi seduti ai banchi. I muri erano tappezzati di poster e volantini colorati, che pubblicizzavano provini di calcio o di recitazione, l'importanza della lettura, misure di sicurezza o i menù del pranzo. C'erano anche locandine di film e pagine di riviste. Non mancavano librerie piene di volumi e qualche mappamondo. Nel complesso, l'ambiente non era molto diverso dalla mia vecchia scuola.

Inspirai ed espirai lentamente.

Giorno uno: pronti o no, si va in scena.

CAPITOLO VENTIDUE

Io e la signorina Funnel entrammo nell'ufficio della signora Joyce Campbell, come lessi dalla targhetta appesa accanto alla porta. La signora Campbell sarebbe stata la mia interprete. Aveva un ufficio piuttosto piccolo; la scrivania era appena sotto la finestra, le cui imposte erano abbassate. Accanto alla scrivania c'erano alcune mensole zeppe di libri, e al centro della stanza un tavolino rotondo con quattro sedie.

Le sorrisi porgendole la mano. – Salve.

Non ne capivo bene il motivo, ma mi sentivo ridicolo a usare il linguaggio dei segni con persone che non conoscevo. Una parte del mio disagio derivava dal fatto che non mi sentivo ancora bravo ad esprimermi in quel modo, e l'altra dalla cruda verità: ogni volta che mi esprimevo solo a gesti, ammettevo a me stesso che non avrei più recuperato l'udito.

La signora Campbell annuì e iniziò a comunicare con i segni. Era lenta nei movimenti, come la signorina Funnel. «Parlare è ok. Usare immagini e segni è ok. Ci lavoreremo su».

Mi raccontò di essere una maestra in pensione, che dopo aver lavorato in città si era trasferita a Rochester per fare l'interprete di lingua dei segni. Lavorava per lo più con bambini di quattro e cinque anni. Era più bassa della signorina Funnel, ma comunque abbastanza alta e magra. I capelli grigi erano tagliati piuttosto corti, e portava gli occhiali attaccati a un cordino decorato con delle perline. Aveva la pelle ambrata, come se avesse preso parecchio sole durante l'estate.

«Pare tu sia in ottime mani, Mark,» osservò a gesti la signorina Funnel. «Io torno in ufficio, ma se ti serve qualsiasi cosa sai dove trovarmi». Ci salutammo con una stretta di mano.

«Grazie». La seguii con lo sguardo mentre si allontanava. Mi sfiorai il ventre, sentendolo contratto. Volevo tornare a casa. Iniziai a sentire un po' di nausea, ed erano passati solo pochi minuti. Ce l'avrei mai fatta? Come potevo imparare a parlare con le mani bene tanto quanto queste persone?

«Hai seguito qualche corso?» Chiese la signora Campbell.

«Sì,» risposi. Era sempre sorridente, come a volermi rassicurare che sarebbe andato tutto per il meglio, ma non riuscivo a pensarla allo stesso modo. Però al momento lei ne sembrava certa, quindi provai a fare altrettanto, lasciandomi confortare il più possibile dal suo sorriso.

«Te la cavi bene».

«Grazie. Mi esercito parecchio».

Annuì. «Pronto a iniziare la lezione?»

Inspirai profondamente. Non ero affatto pronto, ma non sarebbe servito a niente dirglielo. Quindi feci segno di sì.

Mi consegnò delle pagine fotocopiate da un libro,

ciascuna divisa in due sezioni. Sulla parte superiore del foglio c'erano dieci frasi in inglese, in basso i corrispettivi nella lingua dei segni. A una prima occhiata, sembravano venti periodi completamente diversi tra loro.

La signora Campbell piegò il foglio a metà, in modo che potessi vedere solo le frasi in inglese. A gesti, mi chiese di tradurle nella lingua dei segni.

La prima frase era: "Stamattina hai giocato a rugby, oggi pomeriggio a calcio, e adesso ti senti male?". Era abbastanza difficile per me. Dovetti fare mente locale su diverse regole grammaticali della lingua dei segni, prima di tutto quella riguardante gli avverbi di tempo. Quelli vanno sempre messi per primi.

Provai: «Mattina, tu rugby giocato, pomeriggio tu calcio giocato, ora male tu?»

La signora Campbell sorrise. «Ok, ottimo. Prova la seconda».

Lessi: "Ho guardato la gara di nuoto". In questa non c'erano avverbi di tempo, ma l'oggetto era il nuoto. Quindi in questo caso andava prima l'oggetto. Mimai: «Gara di nuoto io guardare».

«Quasi». Scrisse qualcosa su un pezzo di carta, che poi mi mostrò.

– Quando qualcosa è al passato, – lessi – come "ho guardato", o participi passati in generale, devi terminare la frase con il segno di "finire" –. Alzai lo sguardo dal foglio. – Quindi uso "finire" per coniugare al passato? – Chiesi, per accertarmi di aver capito bene.

Lei annuì. «Riprova».

«Gara di nuoto io guardare finire,» segnai.

«Bene». Sorrise.

Mi faceva piacere constatare che non fossi così scarso, ma non riuscii a trattenermi dal serrare le labbra e sbuffare dal naso. Non era colpa sua, ma mi sembrava tutto così assurdo. Perché dovevo imparare a usare gesti basati su un inglese così insensato?

Poco prima di mezzogiorno, la signora Campbell si posò le mani in grembo e sorrise. Si portò le dita della mano destra vicino alle labbra: «mangiare». Dopodiché si prese il gomito destro con la mano sinistra, tenendo l'avambraccio in su, come se stesse salutando. «Mezzogiorno,» spiegò usando l'alfabeto manuale.

Era tutta la mattina che andava avanti così: mi mostrava un segno, faceva lo spelling e poi mi chiedeva di arrivare alla soluzione. Li chiamava segni composti, ossia parole singole derivate da due o più parole. Quindi, unendo "mangiare" e "mezzogiorno", si otteneva...

«Pranzo?» Tentai.

«Pranzo,» confermò lei, visibilmente compiaciuta. «In compagnia o da solo?»

Non sapevo cosa rispondere. Non volevo mangiare da solo; trovarmi in una mensa piena di ragazzi molto più bravi di me a comunicare in quel modo sarebbe stato simile allo scenario che avevo immaginato continuando ad andare alla scuola di sempre e che tanto mi spaventava: l'isolamento. Al contempo, però, non mi sentivo a mio agio nel pranzare con un'insegnante.

«Stai tranquillo. Al posto tuo, anche io avrei qualche dubbio».

Alzai le sopracciglia, come a volerle chiedere se fosse sicura.

«Buon pranzo. Ci vediamo verso l'una,» rispose a segni.

Alzai un dito e lo agitai piano avanti e indietro: «Dove?»

«Edificio Forrester,» rispose, muovendo poi un dito in varie direzioni per indicarmi il percorso che avrei dovuto fare per arrivarci. «Esci, vai a destra, prosegui dritto, di nuovo a destra».

«Grazie». Percorsi a ritroso il corridoio fino a trovare un'uscita, sentendomi abbastanza sollevato per come era andata la mia prima mattina in quel nuovo mondo.

CAPITOLO VENTITRÉ

Arrivato all'edificio Forrester, mi trovai la mensa sulla sinistra e un nodo familiare all'altezza dello stomaco. La fila di studenti, di tutte le età, si snodava fino a scomparire verso l'area in cui veniva servito il pranzo. Alcuni ragazzi mi passarono di fianco, presero dei vassoi da un mobile lì vicino e si accodarono agli altri.

Feci altrettanto e presi a guardarmi intorno, cercando di non dare troppo nell'occhio, e poi mi venne quasi da ridere, ma non per qualcosa di divertente. Quando andavo a scuola a Batavia, la mensa era il posto più rumoroso di tutti. Anche se quelli della sorveglianza facevano di tutto per farci stare buoni, non c'era modo di contrastare le grida, le risate e gli schiamazzi.

Le mie orecchie ora erano molestate solo dal silenzio, ma per compensare i miei occhi vennero investiti da un nuovo tipo di caos. Tutt'intorno, i ragazzi sbattevano le mani sui tavoli per attirare l'attenzione dei propri amici. Una bambina di circa sei anni, con mezzo panino ancora in bocca, si diresse verso un tavolo e toccò la spalla di una sua coetanea. Le due comunicarono a segni per diversi istanti, poi la prima bambina tornò al suo posto. Alcuni ragazzi addirittura si "parlavano" da una parte all'altra della sala per poi ridere silenziosamente, forse per qualche battuta.

La cosa strana era che, nonostante fossi circondato di persone, il silenzio faceva sembrare quel posto completamente deserto, o infestato da spiriti che si aggiravano per il campus senza produrre alcun suono.

Un colpetto sulla spalla mi fece sobbalzare. Dopo essermi girato, vidi due ragazzi. Con un ghigno stampato in viso, uno dei due indicò la fila di fronte a me, ormai lontana diversi metri. Formai la lettera A con la mano destra e la passai con piccoli movimenti circolari sul petto. «Scusate».

Arrivato il mio turno, mi feci riempire il vassoio con pizza alla diavola, patatine affogate nel ketchup e una bibita gassata con tanto ghiaccio. Pagai usando parte del denaro che mi aveva lasciato papà. Mentre mi infilavo il resto in tasca, iniziai a cercare un posto a sedere.

La mensa era ampia e luminosa, con finestroni che davano sul cortile centrale del campus, dove alcuni gruppetti di ragazzi passeggiavano o giocavano su una distesa di prato verde, adornato da tavoli da picnic e qualche albero. La sala mensa, in quel momento piena solo per metà, era arredata con grandi tavoli rotondi. Molti dei bambini erano talmente piccoli da aver ancora bisogno di qualcuno che tagliasse il cibo per loro, o che aiutasse ad infilare la cannuccia nel brick del succo di frutta.

Scorsi diversi posti vuoti, soprattutto a due tavoli dove mangiavano dei ragazzi probabilmente della mia età. Avrei voluto unirmi a loro, ma non mi sarei mai sognato di prendere e sedermi senza battere ciglio, né di chiedere se potessi unirmi a loro. E se mi avessero mandato al diavolo? Non sarebbe stato certo il migliore degli inizi; il solo pensiero mi fece sudare freddo.

A un certo punto vidi un tavolo completamente vuoto verso il fondo della sala. Tra le otto sedie disponibili, scelsi quella che mi permetteva la visuale migliore. Non volevo mettermi a fissare persone a caso, ma al contempo volevo vedere cosa succedeva intorno a me. Così, presi una patatina e la contemplai neanche fosse l'oggetto di una nuova, straordinaria scoperta, per poi trangugiarla senza tanti complimenti.

All'improvviso, vidi apparire un altro vassoio accanto al mio. Alzai lo sguardo.

«Ti ricordi di me?» Era Samantha, la ragazza che avevo incontrato il giorno della prima visita con i miei.

Feci un pugno, me lo avvicinai alle labbra e lasciai libero il pollice per poterlo agitare leggermente. «Samantha».

Lei sorrise sbattendo lentamente le palpebre, compiaciuta. «E tu sei Mark. Come sta andando?»

«Bene».

«Posso sedermi qui con te?» Chiese indicando una delle sedie.

«Certo». Non ero solito fare amicizia con le ragazze, ma lei sembrava diversa. Certo, avrei preferito Patrick al suo posto, ma mi sarei dovuto accontentare.

Arraffò una mezza dozzina di patatine e se le mise in bocca tutte insieme. La imitai, facendola ridere.

«Il cibo non è male». Segnava con una velocità impressionante, ma non me la sentii di chiederle di andare più piano.

«Se stai morendo di fame, no». Risi anche io.

Poco dopo ci raggiunse un terzo ragazzo. Samantha gli sorrise salutandolo, poi ci presentò. «Lui è Brian».

Ci stringemmo la mano. «Io sono Mark». Era afroamericano, alto almeno cinque centimetri più di me. Samantha segnò: «Ti unisci a noi?»

Brian scosse la testa, poggiando momentaneamente il vassoio sul tavolo. «Non posso, ho una verifica tra un quarto d'ora. Devo trovare un posto dove ripassare». Voltandosi verso di me, proseguì: «Piacere di averti conosciuto. Ci vediamo».

«A più tardi,» risposi.

A un tratto, con la coda dell'occhio vidi una patatina volare, atterrando sulla testa di Samantha; subito dopo, al tavolo dietro di lei ci fu un'esplosione di muta ilarità. Sei ragazzi si sbellicavano dalle risate, battendo le mani sul tavolo e tirando indietro la testa. Samantha, provando ad accennare un sorriso, scosse la testa e si tolse la patatina dai capelli. Senza pensarci troppo, ricambiai il favore e lanciai all'altro tavolo una delle mie. Patrick e io facevamo sempre guerre con il cibo all'ora di pranzo. Il bello è che non venivamo mai scoperti: una volta deciso il bersaglio prendevo qualcosa di piccolo, come un pisello, e lo facevo partire usando pollice e indice come "arma". Tenevamo il conto dei tiri andati a segno, e di solito vincevo sempre io. Ma era solo per divertimento. Una volta la vittima si accorse di noi e si vendicò lanciandoci un toast al formaggio, che mi prese sulla schiena. Senza la minima esitazione, Patrick prese una cucchiaiata di purè, e usando il cucchiaio come catapulta, diede inizio a una delle battaglie più memorabili di sempre. E l'aveva fatto per me...

Stavolta, però, andò diversamente. La patatina, tra l'altro ricoperta di ketchup, finì sul viso di un ragazzo. Chiusi gli occhi per un solo istante, desiderando di poter tornare indietro di quei dieci secondi e non ripetere ciò che avevo appena fatto. Ma sarebbe rimasto solo un desiderio.

Il ragazzo scattò subito in piedi, ripulendosi dalla salsa con un tovagliolo di carta. Era grosso, con i capelli rossicci. Accartocciò rabbiosamente il tovagliolo e lo lasciò cadere in terra, mentre avanzava a grandi falcate verso di me gesticolando frasi, anzi probabilmente insulti, alla velocità della luce. Spalancai gli occhi, non riuscendo a tenere il passo. Pur non avendo idea di cosa mi avesse detto, ero abbastanza sicuro che fosse parecchio arrabbiato con me.

Samantha balzò in piedi e si mise tra noi due. Iniziarono a discutere in modo abbastanza animato, a giudicare dalle espressioni tese sui loro visi e dalle frequenti alzate d'occhi al cielo. Le parole decollavano dalle punte delle sue dita come aerei militari. Se possibile, lei era ancor più rapida di lui.

Ebbi l'istinto di coprirmi le orecchie con le mani. Quel litigio, per quanto perfettamente silenzioso, in qualche modo emanava comunque un'onda d'urto simile a quella di una scarica di tuoni. Sembrava che Samantha stesse riuscendo a mantenere una certa calma, l'altro invece continuava a scuotere la testa e fare un sacco di smorfie. La discussione terminò nel momento in cui Samantha indicò la porta, intimandogli di andarsene. Lui mi fulminò con lo sguardo. Per qualche istante provai a fare altrettanto, ma fui il primo a guardare altrove. L'ultima cosa che avrei voluto era farmi dei nemici, anche se ormai forse era troppo tardi.

Mentre se ne andava infuriato, il ragazzo colpì lo schienale di una sedia vuota, facendola scivolare e cozzare contro un tavolo. Samantha lo guardò mentre batteva in ritirata insieme ai suoi amici. Poi si voltò verso di me, e muovendo le labbra disse a gesti: «Non dovevi».

«Non fa niente,» risposi.

«No, intendo, non è stata una grande idea. Ralph non è un tipo gentile. Gli piace attaccare briga».

«Oh. Capisco».

Sentii di nuovo quella brutta sensazione.

CAPITOLO VENTIQUATTRO

IL POMERIGGIO SEMBRÒ NON VOLER FINIRE MAI. CON
la signora Campbell ripassai quanto avevamo studiato nel
corso della mattinata. Per fortuna, la lezione terminò alle tre
e mezza in punto. Nella lingua dei segni, non si dice "finalmente", ma "PAH!", una sorta di esclamazione simile a
"meno male!". Per ricrearla, roteai entrambi gli indici in
corrispondenza delle tempie, terminando poi il segno
puntandoli all'insù, con una leggera angolazione verso
l'esterno. Per ulteriore enfasi, alzai anche gli occhi al cielo.
Dopo aver finito, vidi di sfuggita che la signora Campbell
stava ridendo. «Sei stato bravissimo,» osservò. Anche a me
era sembrato di non essere andato affatto male, ma sapevo di
essere solo all'inizio, e che avrei dovuto continuare a impegnarmi ogni giorno.

Il cortile del campus era immerso nel tiepido sole di settembre. Sotto gli alberi erano ammassati diversi zaini, e sui
tavoli da picnic erano sparsi libri su libri. Alcuni ragazzi
giocavano a pallone, altri si passavano un frisbee. Un altro

gruppo ancora si esercitava in qualche palleggio di pallaca-
nestro. Sembravano tutti divertirsi parecchio, ma nessuno di
loro aveva un guantone o una mazza da baseball.

All'improvviso uno dei ragazzi saltò per afferrare il
frisbee, per fermarlo prima che volasse oltre la sua testa.
Riusciva a saltare, correre, lanciare senza perdere l'equilibrio; buon per lui. Non rimasi granché impressionato. Al
momento, se ci avessi provato io, mi sarei ritrovato gambe
all'aria davanti a tutti: ma non aveva importanza, dato che
nessuno mi aveva invitato a giocare.

Il ragazzo che aveva preso al volo il frisbee si accorse che
lo stavo fissando. Alzò entrambe le sopracciglia e mi fece
segno di avvicinarmi, come se volesse passarmi il frisbee.
Era diverso tempo che non necessitavo più del bastone, e il
mio equilibrio migliorava sensibilmente ogni giorno, ma non
volevo rischiare di fare la figura del fesso davanti a degli
sconosciuti. «No, grazie,» dissi con i segni. Scuotendo la
testa, mi voltai.

Mentalmente la giornata mi aveva sfiancato, volevo solo
tornare al dormitorio. Probabilmente non sarei riuscito ad
addormentarmi così presto, ma anche solo sdraiarmi per un
po' mi sembrava un'ottima idea. In più, da qualche ora era
tornato anche il ronzio nelle orecchie: non era insopporta-
bile come altre volte, ma comunque fastidioso, come un
prurito impossibile da mandar via.

Di colpo mi sentii spingere da dietro, come se fossi stato
colpito da un pallone, e venni sbalzato in avanti. Caddi rovi-
nosamente sul marciapiede, sbucciandomi i palmi delle
mani. Dopo essermi rialzato, mi trovai di fronte Ralph, il
ragazzo dai capelli rossi che avevo fatto arrabbiare a mensa.
Le mani iniziarono a bruciarmi quasi istantaneamente. In
vita mia non avevo mai fatto a botte: l'incidente con Jordan
di qualche mese prima era stata la situazione più vicina a

una rissa in cui mi fossi trovato coinvolto. Ma almeno con Jordan sarebbe stata una lotta alla pari, dato che eravamo coetanei e alti più o meno uguale. Per sicurezza, mi limitai a fissare Ralph tenendo il petto leggermente all'infuori. Con una risata di scherno, lui iniziò a gesticolare: non avendo la minima idea di cosa dicesse, girai sui tacchi e mi allontanai.

Non aver potuto sentire che c'era qualcuno dietro di me mi aveva spaventato, eppure forse mi sarei dovuto aspettare ciò che sarebbe successo subito dopo, ma così non fu. Non fui preparato quando Ralph mi prese per una spalla, facendomi voltare di forza verso di lui. Mi scrollai la mano di dosso, feci un passo e lo spinsi, facendolo indietreggiare leggermente. Non riuscendo a ricordare i segni che conoscevo per esprimere come mi sentissi, dovetti ricorrere alle parole. – Che problemi hai, imbecille?

Ralph si indicò e ripeté solo muovendo le labbra: «Imbecille?»

Quindi riusciva a leggere il labiale? Forse era solo parzialmente sordo? In ogni caso, aveva afferrato l'appellativo, e ora mi trovavo in guai ancor più seri di quelli in cui mi ero cacciato in sala mensa. Per confermare i miei sospetti, fece schioccare un pugno nel palmo dell'altra mano. Era chiaro che volesse fare a botte, e forse era uno di quelli che si divertiva a colpire in faccia le persone. Io non avevo alcuna voglia di assecondarlo, ma allo stesso tempo non gliel'avrei data vinta. Incrociai le braccia per fargli capire di non sentirmi minacciato; ma soprattutto per nascondere le mie mani tremolanti.

Come dal nulla, tra di noi apparve di nuovo Samantha, che ci intimò di smetterla con ampi gesti delle mani. Poi, come era successo all'ora di pranzo, prese a discutere con Ralph. Mi resi conto che chiunque stesse assistendo alla scena potesse capire l'argomento della discussione. O meglio, chiunque tranne me. Erano velocissimi nel segnare, e per l'ennesima volta mi sentii tagliato fuori.

Forse alla mia vecchia scuola le cose sarebbero andate meglio. Lì ero circondato da persone come me, ma per qualche ragione non mi sentivo uguale a loro. Non migliore, sia chiaro, ma comunque non un loro pari. Era come se il mondo avesse preso a girare al doppio della velocità consueta, e io fossi l'unico perfettamente immobile. Le ginocchia presero a traballarmi, e i fischi nelle orecchie a farsi più persistenti. Improvvisamente, avvertii il bisogno di riavere il bastone, di tornare nella mia stanza. Di tornare a casa.

Poco dopo arrivò anche il dottor Stein. Volevo sprofondare. Doveva aver chiesto cosa stesse succedendo perché Ralph si portò un pugno vicino al mento e poi, aprendo le dita, abbassò la mano: «Niente,» tagliò corto, dandosela a gambe.

Samantha indicò le mie mani, e io me le infilai subito in tasca. Avevo già una madre a casa, non me ne serviva una seconda. – Sto bene, – dissi più volte, – non è niente.

Allora prese a confabulare con il dottore, come se io non ci fossi. Dopo qualche istante, Samantha annuì e lo ringraziò.

Stein mi lanciò un'occhiata. «Mark, come ti senti?»

I palmi delle mani mi bruciavano da morire, ma nonostante l'imbarazzo feci spallucce. – Bene.

Lui fece una smorfia, come a voler dire: in che senso "bene"? Fece un cenno nella direzione in cui se ne era andato Ralph, per farmi capire a chi si riferiva, poi segnò: «Problemi?»

Scossi il capo. – Niente di che.

«Vogliamo andare in infermeria?»

– No –. Lo vidi aprire la sua agenda di pelle nera, da cui

estrasse un biglietto da visita; ci scribacchiò qualcosa e me lo porse. Mi aveva fissato un appuntamento per venerdì, dopo pranzo. Inizialmente pensai di rifiutare. Lui mi sembrava uno a posto, ma di cosa avremmo dovuto parlare? Di quello scemo di Ralph? Sarebbe stata una perdita di tempo per entrambi. Per non parlare del fatto che mi stava chiedendo di fare una seduta con lui davanti a tutti, così sarei passato pure per matto. Se avessi voluto parlare con lui, mi sarei fatto vivo io. Infilai frettolosamente il biglietto nella tasca posteriore dei pantaloni, troppo stanco per discutere. Il dottore mi salutò con una pacca sulla schiena e se ne andò.

«È una brava persona,» disse Samantha.

«Tu ci parli?»

«Come molti altri. Non c'è niente di cui vergognarsi».

«Non me ne vergogno. Non è niente di che,» mentii. Me ne vergognavo eccome. Io non ero "fulminato", per usare l'espressione con cui Patrick, una volta, aveva definito un tizio che portava a passeggio il cane indossando pigiama e stivali di gomma. Non mi serviva lo psicologo.

«Vuoi che ti faccia da guida, dato che sei nuovo?» Segnò Samantha.

«Ho fatto la visita guidata quando sono venuto con i miei».

«Conosco un posto che di sicuro non ti hanno mostrato quest'estate. Vuoi vederlo?»

Alzai le spalle. «Ok».

Attraversammo quasi tutto il campus, arrivando fino al lato sud. Alla fin fine, non era una struttura così grande com'era sembrata all'inizio; avevo contato sette palazzi in tutto. Superati i dormitori, c'era il campo sportivo, pieno di ragazzi che giocavano a calcio. «Vuoi fare due tiri?» Chiese Samantha con i segni.

Il ragazzo che aveva la palla al piede si muoveva con

estrema agilità. Un altro cercò di togliergliela, ma con una finta riuscì a disfarsene. Poi caricò il tiro, facendo sembrare il gesto tecnico facile come bere un bicchiere d'acqua. Il portiere si lanciò, le braccia distese al massimo, ma non riuscì a parare la palla, che si insaccò in rete. Il ragazzo che aveva fatto gol esultò alzando i pugni al cielo. Sembrava divertente.

«No,» segnai. «Non mi va. Torno in stanza, devo studiare».

Prima che Samantha potesse replicare o provare a fermarmi, feci dietrofront e me ne andai.

CAPITOLO VENTICINQUE

Giunta l'ora di cena scesi in sala mensa, mi misi in fila e mi guardai intorno. Non volevo cenare con tutte quelle persone presenti, che oltretutto sembravano conoscersi così bene. Forse, una volta iniziate a frequentare le lezioni normali con loro invece di passare tutto il tempo da solo con la signora Campbell, le cose sarebbero cambiate; ma ora, l'unico ragazzo che conoscevo era Ralph, ma di certo non volevo sedere al suo stesso tavolo, così mi portai la cena in camera.

Dopo aver mangiato, mi sedetti sul letto e finii di studiare uno dei capitoli del libro di lingua dei segni. Le luci si spensero per poi riaccendersi subito dopo, e alzando lo sguardo notai un bambino sulla soglia della porta. Entrò nella stanza e, sorridendomi, si sedette sul letto accanto al mio.

«Sono Kyle,» segnò. «Ho otto anni».

«Kyle,» ripetei annuendo. «Io sono Mark e ne ho dodici».

Si alzò e mi si avvicinò per stringermi la mano. Aveva

più o meno l'età di Brenda, ma sembrava anche più piccolo, forse perché era più basso e più minuto di lei.

Kyle continuò a segnare, muovendosi con gesti talmente ampi che sembrava stesse suonando un qualche strumento musicale immaginario. Lo fermai quasi subito, chiudendo gli occhi e scuotendo la testa con le mani alzate. «Più piano, vai troppo veloce». Ero impressionato da quanto fosse bravo a solo otto anni.

Kyle sorrise. «Siamo compagni di stanza».

Sembrava uno a posto. Aveva i capelli scuri, portava gli occhiali e degli apparecchi acustici alle orecchie. – Puoi sentire?

Piegò la testa di lato. «Un po'. Leggo anche il labiale. Tu?»

«No, io sono sordo». Credevo mi tempestasse di domande, del tipo da quanto fossi sordo, se ci fossi nato o cose così, ma per fortuna non lo fece. Con il tempo avevo notato che le persone con problemi di udito si esprimevano sempre con frasi piuttosto brevi e non troppo complicate. Avevo iniziato a farci l'abitudine. Invece di dire una frase del tipo: "Vuoi venire a fare spesa insieme a me?", una persona sorda diceva solo: "Vado a fare spesa. Vieni?".

«Volevo avvertirti, io dormo con la luce accesa. Ok?» segnò Kyle. Per poco non scoppiai a ridere, ma mi trattenni. Avevo capito che non stesse scherzando.

«Che leggi di bello?» Alzai il libro così che potesse vederne la copertina. Subito dopo si sedette accanto a me, aprì la bocca e si dondolò un dente con il dito. «Sta per cadere».

Annuii, alzando le sopracciglia con un'espressione intesa a dire: «Wow».

«È il primo che mi cade da quando sono qui. Ho un po' paura».

«Perché?»

«E se la fatina dei denti non mi trovasse?»

Ah, le preoccupazioni di un bambino di otto anni, pensai tra me e me. «È come Babbo Natale. Sa sempre come trovarti».

«Dici?»

«Certo,» risposi mettendo enfasi sul segno, per dimostrare la mia esperienza in merito. Con un'aria decisamente sollevata, si alzò e si diresse verso la porta. Subito dopo però si bloccò, guardandomi a lungo. «Ti serve un segno nome».

«Tu ne hai uno?» Chiesi.

Kyle replicò la prima lettera del suo nome con le dita, portandosela poi lungo il petto per posizionarla su una spalla. Ripetei il gesto, cercando di imprimerlo nella mia memoria. Venivo esposto a talmente tanti nuovi segni tutti insieme che non ero sicuro di riuscire a impararli tutti al primo colpo.

«Lo porti sempre?» Mi domandò poi, indicando il mio berretto.

Lo accarezzai, annuendo.

«Sempre? Allora...» Corrugò la fronte per concentrarsi, e subito dopo fece una "M" con la mano posizionandola poi vicino alla fronte, riproducendo la visiera di un berretto. Feci altrettanto e, con un sorriso, approvai la sua scelta con un cenno della testa. Era strano farmi dare un soprannome da un bambino appena conosciuto, ma non mi dispiaceva affatto.

Qualche istante dopo Kyle uscì e io tornai a studiare, ma le luci si spensero e riaccesero ancora. Alzai lo sguardo, pensando di rivedere il mio compagno di stanza; invece, sulla soglia c'era un uomo. Mi salutò con la mano, e per tutta risposta alzai le sopracciglia per non chiedere: «Chi diavolo saresti tu?»

Neanche mi avesse letto nel pensiero, segnò: «Ciao. Sono Norton, il responsabile di questo dormitorio. Mi sono diplomato qui alla SSR». La signora Funnel mi aveva spiegato che i responsabili di dormitorio erano degli adulti che occupavano una stanza in ciascun piano di tutti i dormitori.

Scivolando verso l'angolo del letto, mi presentai anche io e invitai Norton a entrare, facendolo sedere alla sedia della mia scrivania.

«Io sono nato sordo, e tu?» Chiese.

«Mi sono ammalato quest'estate. Meningite,» risposi. «La febbre è stata talmente forte che sono diventato sordo».

Lui annuì, con un'espressione turbata. «Mi dispiace». Norton era un tipo nella media, alto più o meno quanto mio padre. Era castano e portava degli occhiali dalla montatura dorata. Non era né grasso né magro, né bello né brutto. Il suo unico tratto distintivo erano i piedi enormi. Portava delle scarpe da ginnastica talmente grandi che sembravano finte.

Non sapendo bene come rispondere, provai a cambiare argomento. «Sei andato all'università?»

La sua espressione corrucciata si sciolse in una più distesa e sorridente. «Ci vado ancora, studio e lavoro». Qualche istante dopo, mi passò un foglio su cui erano segnati i miei compiti, con i giorni in cui avrei dovuto svolgerli. Il lunedì dovevo lavare il corridoio, il martedì portare fuori la spazzatura e il mercoledì spolverare in sala comune. Niente di difficile.

«I compiti sono sempre diversi,» spiegò. Sul retro del foglio c'era un calendario con i vari eventi del dormitorio, come la serata film nella sala comune, le partite di basket in palestra, e cose così. Tutte le sere era prevista una qualche

attività, nessuna delle quali però mi interessava minima-
mamente. Film? Ormai avevano perso tutta la loro attrattiva,
essendo costretto a leggere righe su righe di sottotitoli per
capirci qualcosa. Basket? Certo, come no. Non riuscivo più
neanche a far oscillare una mazza da baseball senza cadere,
figurarsi provare a saltare per fare canestro.

«Se ti serve qualsiasi cosa, fammi sapere,» disse Norton
prima di andarsene.

Più tardi, scesi nell'aula studio, dove tenevano anche il
dispositivo telefonico per sordi. Non lo stava usando
nessuno in quel momento, così decisi di chiamare a casa.
Composto il numero, appoggiai la cornetta poco distante e
attesi finché non sentii alzarsi la cornetta dall'altro lato, poi
scrissi: *Pronto? Sono Mark.* **

I due asterischi servivano a far capire all'altra persone
che avevo finito di digitare e che quindi potevano
rispondere.

Nel giro di pochi secondi, sullo schermo comparve un
messaggio. *Mark! Sono la mamma. Com'è stato il primo
giorno di scuola?* **

Avrei potuto rispondere in tanti modi, ma decisi di
andare con ordine. Iniziai parlando della signora Campbell,
poi passai al pranzo, con una breve menzione a Ralph e al
fatto che non mi piacesse molto, terminando con Kyle e
Norton. Papà, mamma e Brenda mi riempirono di messaggi,
chiedendomi di descrivere più nel dettaglio tutte le persone
di cui avevo parlato. Brenda scrisse: *Whitney è stata bravis-
sima, ma si vede che le manchi. Non ti preoccupare, ci penso
io a lei.* **

Anche a me mancava da morire. *So che te ne prenderai
cura, ecco perché l'ho affidata a te. Dalle un biscottino da
parte mia, ok?* **

Mi accorsi quasi per caso che c'era un altro ragazzino di

fianco a me. Non potermi accorgere dell'arrivo di qualcuno alle mie spalle era forse la cosa che più detestavo dell'essere diventato sordo. Quando vide che l'avevo notato, si fece più vicino e indicò il telefono. Mi chiesi se vivesse sul mio stesso piano, e lì per lì avrei voluto chiederglielo, ma sembrava più interessato a telefonare che a fare conversazione con me.

Non volevo chiudere con i miei. Da una rapida occhiata all'orologio appeso al muro, scoprii che era passata oltre mezz'ora da quando avevo iniziato la "telefonata", molto più di quanto pensassi. Del resto, tra il tempo passato a leggere e scrivere i vari messaggi e quello di attesa tra l'invio e la ricezione, i minuti scorrevano veloci. Io e Brenda eravamo piuttosto veloci a digitare, complice anche il fatto che fossimo più avvezzi a usare una tastiera rispetto ai nostri genitori. *Mamma, devo andare. Il telefono serve a un'altra persona. Ciao.* **

Sdraiato a letto, mi domandai perché avessi scelto di iscrivermi a questa scuola. Era stato bello fare due chiacchiere con la mia famiglia, ma adesso loro erano tutti insieme a casa, e io tutto solo a centinaia di chilometri di distanza. Che ci facevo ancora lì? E non intendevo in quella scuola specifica; cosa ci facevo ancora in vita? Perché doveva andarmi tutto così male? Non riuscivo ancora a trovare una spiegazione per tutto ciò che mi stava succedendo.

Quando Kyle mi aveva detto di dormire con le luci accese, pensavo fosse uno scherzo, al massimo un'esagerazione; mi ero immaginato che avesse un abat-jour a forma di Batman, o che so io. E invece no, intendeva proprio il lampadario appeso al soffitto, che tra l'altro sembrava montasse una lampadina da tre milioni di watt. La luce era talmente forte che, se l'avessi ritenuto possibile, avrei giurato che la stanza fosse in rotta di collisione con il Sole. Ma non potevo fare molto, se non cercare di ignorarla.

Non riuscivo a immaginare di passare la notte alla mia vecchia scuola di Batavia. Sapevo bene che vivere in un campus è parte integrante dell'esperienza universitaria, ma sono cose che si fanno a diciotto anni, quando si è pronti ad andarsene di casa e stare da soli. Mi sentivo tanto cresciuto, dall'alto dei miei dodici anni, e invece ora...

Mi girai di scatto verso il muro. Non stavo mica per mettermi a piangere. Cioè, forse un pochino sì. Sentivo le guance bollire e le lacrime fare capolino, ma non volevo farmi vedere in quello stato da Kyle.

Non ci avevo mai riflettuto prima d'ora, ma sapere che a pochi metri dalla mia stanza un tempo c'erano i miei genitori era tutta un'altra cosa; mi facevano sentire al sicuro. Mi sforzai di pensare a qualcos'altro per non farmi prendere dallo sconforto, ma non ci riuscii.

CAPITOLO VENTISEI

GIÀ DAL SECONDO GIORNO LA SIGNORA CAMPBELL rese più difficili le mie lezioni, sottoponendomi a molti piccoli test. «Hai ancora molto da imparare, ma sei davvero bravo per usare i segni da così poco,» mi spiegò.

Non mi pesava impegnarmi nello studio della lingua dei segni, data la fatica che facevo per stare dietro al ritmo con cui segnavano tutti gli altri studenti. Era come quando giocavo a baseball: non volevo solo saper tirare la palla, ma essere il miglior lanciatore. Così di sera, anche dopo che Kyle si era addormentato, io rimanevo sveglio a lavorare sui miei segni. Perché no? Tanto la luce era comunque accesa.

La lezione di quel giorno mi stancò particolarmente. Una volta terminato uscii subito in cortile, per godermi l'aria fresca e intrisa dei profumi dell'autunno. In realtà avevo parecchi compiti da fare, ma l'idea di svolgerli seduto sotto a un albero avrebbe di sicuro alleggerito il pomeriggio di lavoro che mi attendeva.

Mi sentivo bene lì fuori, finché non incrociai lo sguardo con quello di Ralph. Le mie gambe imploravano di fermarsi lì dov'ero, ma mi imposi di cambiare direzione e cercare un albero il più lontano possibile da quel bullo. Invece lui continuò a seguirmi lungo il marciapiede finché non mi si parò davanti, reggendosi i fianchi con le mani chiuse a pugno. Mi resi conto per la prima volta di quanto il suo aspetto fosse effettivamente minaccioso: aveva le braccia più grandi e muscolose che avessi mai visto su un ragazzo della mia età, e in generale era più o meno il doppio di me. Fatto stava che era lì a fissarmi con quei suoi occhi piccoli, tondi e gelidi.

Mi si seccò la bocca. Non mi era mai capitato di dovermi difendere, ma ciò non mi fermò dal fantasticare su come sarebbe stato bello togliergli quel ghigno spavaldo dalla faccia. Decisi di fare lo gnorri e provai a girargli al largo, ma appena lo superai sentii il brusco spintone da dietro. Nonostante la sensazione di dejà vu, non fui pronto ad attutire la caduta, ma la soffice erba dell'aiuola mi aiutò perlomeno a non sbucciarmi di nuovo le mani.

Mi rialzai voltandomi verso di lui, con lo stomaco sottosopra. Non avevo nessuna voglia di fare a botte, anche se sapevo bene che ero stato io a provocarlo per primo. «Mi dispiace per l'altro giorno. Ti prego, ora lasciami in pace,» segnai. Il macigno che mi si era formato nel petto mi stava togliendo il respiro. Sentii diversi sguardi puntati nella nostra direzione: fossi stato nella mia vecchia scuola, sarebbe partito anche un coro per fomentare ancor di più gli animi.

Ralph sorrise, buttò indietro la testa e spalancò la bocca: se la stava ridendo di gusto. Come suono, me lo immaginavo molto simile alle sghignazzate tipiche dei criminali in quei demenziali film horror di bassa lega.

Decisi di provare a tagliare la corda. Sentivo ancora le guance avvampare, ma non avevo idea di quanto stessi arrossendo. Agli occhi dei presenti sarò sembrato un coniglio, e probabilmente lo ero.

Dopo aver voltato nuovamente le spalle a Ralph, mi preparai all'ennesimo colpo dietro la schiena, che però non arrivò mai. Come poteva averla sempre vinta? Non aveva paura di essere cacciato? Dalla mia, non avevo nessuna intenzione di mettermi nei guai. Abbandonata ormai l'idea di fare i compiti all'aria aperta, tirai dritto verso il dormitorio, cercando di non affrettare il passo, né di guardarmi indietro. Mi stava ancora seguendo? Mi avrebbe spintonato di nuovo? Aveva smesso di ridere? E gli altri, anche gli altri stavano ridendo di me?

Lo stomaco mi si annodò ancora di più. Le uniche lotte che avevo fatto in vita mia erano quelle con Patrick, ma per puro gioco. Anche se c'erano state delle rare occasioni in cui ci eravamo arrabbiati sul serio, non eravamo mai venuti alle mani; c'era sempre stato qualcosa a fermarci prima di oltre-passare il punto di non ritorno. Quel qualcosa era la nostra amicizia. Patrick era come un fratello per me, Ralph solo un mostro.

Prenderlo a cazzotti non avrebbe risolto le cose. Quante volte mi era capitato di vedere partite di baseball finite in rissa? Ogni volta che venivano espulse intere panchine, alcuni giocatori e coach venivano multati, qualcuno si faceva anche male, e a me veniva solo voglia di spegnere la televisione. D'altro canto, non potevo permettere a Ralph di trattarmi sempre in quel modo. Quando arrivai nei pressi del dormitorio, mi lanciai un paio di occhiate intorno. Ralph era esattamente dove l'avevo lasciato: non rideva più, ma sembrava non stesse nemmeno sbattendo le palpebre, o respirando. A colpo d'occhio, lo si sarebbe potuto scambiare per un'orrida statua. Salii i gradini a due a due e, una volta entrato nell'edificio, corsi a perdifiato fino alla mia stanza.

CAPITOLO VENTISETTE

Passando la maggior parte delle mie giornate con la signora Campbell, non avevo molto tempo per conoscere i miei compagni. Ma quel venerdì andai a pranzo con Brian. Mi disse che dopo mangiato sarebbe andato a giocare con altri ragazzi, e mi aveva chiesto se volessi unirmi. Non volevo rischiare di diventare lo zimbello di tutti, contando che già dopo l'ultimo incontro con Ralph non dovevo aver fatto una gran figura. Ma cosa avrebbe pensato Brian, vedendomi scoordinato com'ero ora? Si sarebbe sbellicato dal ridere con i suoi amici, e poi non mi avrebbe mai più chiesto di fare qualsiasi cosa insieme.

«Mi piacerebbe, ma dopo pranzo mi vedo con il dottor Stein,» segnai. Ero comunque grato di non dover più girare con il bastone.

Non mangiai quasi nulla, limitandomi a punzecchiare il cibo con la forchetta e trascinarlo in giro per il piatto.

Brian annuì. «Ah, capito. È uno a posto. Vuoi che ti accompagni?» Segnò.

Perso del tutto l'appetito, lasciai cadere la forchetta di plastica sul vassoio e sprofondai nella sedia. Avrei tanto voluto sentire il *click* di quel delicato impatto. La mensa era pressoché vuota. Forse la maggior parte degli studenti era già tornata a casa per il fine settimana, ma il campus sembrava più deserto del solito.

«No, grazie». Mi alzai. «Ci vediamo lunedì?»

«Ok».

Mentre mi avviavo verso lo studio del dottor Stein iniziai a chiedermi di cosa volesse parlare, sperando che non volesse farmi elaborare su quanto accaduto con Ralph. Era stato davvero patetico, ma la mia strategia per il futuro era semplicemente di evitarlo, per quanto possibile.

Ormai prossimo alla mia destinazione, iniziai a sudare freddo. Non volevo presentarmi in ritardo, ma allo stesso tempo non avevo alcuna fretta. Una parte di me continuava a sperare che, preso dai suoi infiniti impegni, il dottor Stein avesse dimenticato di segnarsi il nostro appuntamento sull'agenda. Almeno era già venerdì, il che significava che nel giro di poche ore sarei stato a casa con la mia famiglia. Quel pensiero mi permise di affrontare con maggior tranquillità la seduta imminente.

Quando arrivai, il dottor Stein alzò lo sguardo dalle sue carte e mi fece cenno di entrare. Si alzò per stringermi la mano, passandomi poi di fianco per chiudere la porta. La stanza, così come il dottore stesso, apparivano meno in disordine rispetto a qualche mese prima. I jeans e le scarpe da ginnastica erano stati sostituiti da un completo grigio scuro, e sull'appendiabiti c'era un cappotto dello stesso colore. I polsini della camicia erano ben fissati con dei gemelli, e la cravatta bordeaux era saldamente annodata a una camicia bianca. Il tavolo al centro dell'ufficio era scomparso, e al suo posto ora c'era un tavolino da caffè circondato da un divano in pelle e due poltroncine.

«Com'è andata la prima settimana?» Segnò.

– Bene, – risposi.

«Con la lingua dei segni tutto ok?»

– Sì.

«Mi hanno detto che ti sta seguendo la signora Campbell. Come ti è sembrata?»

– Mi piace. Mi sta insegnando molto –. Avrei voluto fornirgli più dettagli, ma ero particolarmente concentrato a fissare il soffitto. Non comprendevo il significato di determinate domande, a cosa avrebbero portato e come sarei stato giudicato alla fine della conversazione per ciò che avevo detto o taciuto. Mi morsi il labbro.

«Che ne dici di usare solo i segni per stavolta? Così mi tengo in allenamento,» suggerì il dottore.

«Va bene,» risposi.

«C'è qualcosa in particolare di cui vorresti parlare?»

«Per esempio? Di quella discussione?» Ralph era un villano, se non un bullo fatto e finito. Che altro c'era di cui parlare?

Il dottor Stein alzò entrambe le mani, come a voler concordare con me. «Ne hai parlato con qualcuno?»

«No. Non c'è niente da dire a riguardo, davvero».

«Capito,» rispose. «E come ti stai trovando qui a Rochester?»

«Bene».

«Com'è stare lontani da casa e dai tuoi cari?»

«Non vedo l'ora di tornare per il fine settimana,» ammisi, pensando a quanto sentissi la mancanza della mamma, di papà e perfino di Brenda. Non mi aspettavo di venire sopraffatto a tal punto dall'emozione, ma ancor prima che me ne accorgessi avevo gli occhi gonfi di lacrime e la vista completamente appannata. Mi asciugai alla bell'e meglio col dorso della mano.

Il dottore fece finta di non aver visto. «E per il resto?»

«Sto bene. L'unica cosa che mi sta dando problemi è questo ronzio che ho sempre nelle orecchie,» segnai, deciso a cambiare argomento.

«Dev'essere molto fastidioso. È continuo?»

«No, ma torna di frequente».

«Adesso ce l'hai?»

«No».

Il dottore spostò il peso da un lato all'altro della poltroncina, poi riprese a segnare. «Vorrei farti un altro tipo di domanda. Come ti ha fatto sentire il diventare sordo?»

– Che intende? – Era una domanda che non mi piaceva affatto. Stavo bene, il mio cervello non aveva alcun bisogno di essere analizzato in ogni sua parte. E di certo non mi sarei messo a parlare di baseball.

«Sei diventato sordo praticamente da un giorno all'altro. La mia domanda è come questo cambiamento improvviso ti ha fatto sentire. Dev'essere difficile da sopportare, e in questi casi la reazione più naturale è la rabbia. Diventare sordo ti ha fatto arrabbiare?»

– Arrabbiarmi mi farebbe riacquistare l'udito? No. Quindi perché arrabbiarsi? Lo sto accettando. Non posso fare nulla per cambiare ciò che mi è capitato. Devo aver fatto qualcosa di tremendo a un certo punto della mia vita, e questa dev'essere la mia punizione.

Il dottore iniziò a prendere appunti su un bloc notes, poi ricominciò a segnare. «Punizione. Pensi che sia colpa tua, Mark?»

«Penso che non sia colpa di nessuno,» mentii. Doveva esserci qualcuno, qualcosa dietro tutto questo. Non avevo contratto la malattia dal nulla: qualcuno doveva avermi trasmesso la meningite, quindi il colpevole era quel qualcuno. Come colpevoli erano i dottori per non avermi controllato la febbre, o la tecnologia per non essere riuscita a salvarmi l'udito. Non mi ci voleva poi molto a trovare dei colpevoli.

Mi sentivo responsabile anche in prima persona? Quella era una buona domanda.

«Vorrei che ci rivedessimo per parlare ancora, Mark».

«Come vuole,» risposi senza troppo entusiasmo.

«Che ne dici di venerdì prossimo?»

– Certo, perché no? – Dissi, alzandomi dal divano.

«Passa un ottimo weekend, e salutami i tuoi».

«Grazie. Sa che le dico? Non è stato così terribile come credevo,» mi lasciai sfuggire, prima di uscire dallo studio.

CAPITOLO VENTOTTO

Mentre rientravo al dormitorio, continuai a riflettere su cosa il dottor Stein intendesse quando mi aveva chiesto se fossi arrabbiato. La vista di Brenda mi distolse immediatamente dai miei pensieri e mi fece perdere qualche battito. Feci gli ultimi metri che ci separavano correndo e la presi in braccio, facendo qualche giravolta per farla ridere. – Mi sei mancata.

«Anche tu,» rispose con i segni.

– Come sta Whitney?

«Usa i segni».

«E va bene, come sta Whitney?»

«Bene. È allegra, gioca, ma manchi tanto anche a lei».

«E la prima settimana di scuola?»

«È andata benissimo! I maestri sono bravi e sono stata contenta di rivedere i miei amici. Ma non vedevo l'ora che finisse».

«Perché?»

«Perché aspettavo che tornassi a casa».

A uno dei tavoli da picnic erano seduti i miei genitori e Patrick. Abbracciai di nuovo mia sorella e, senza lasciare la

155

sua mano, ci avviammo correndo verso gli altri. Prima che potessi salutare il mio migliore amico, la mamma balzò in piedi e mi stritolò nel suo abbraccio, riempiendomi di baci. Io feci una smorfia, fingendo di volermi liberare da quelle attenzioni, di cui invece mi stavo beando. Quando finalmente mi lasciò andare tentai nuovamente di salutare Patrick, ma stavolta fu papà a farsi avanti, porgendomi la mano. Non appena la strinsi, lui mi tirò tra le sue braccia. Avevo quasi dimenticato quanto fosse forte la sua stretta, ma i ricordi mi tornarono all'istante quando quasi rischiai di venire schiacciato dal suo abbraccio. Mi era mancato molto quell'aspetto di mio padre. Tutte quelle effusioni mi fecero rendere conto che quella appena trascorsa era stata una settimana lunghissima.

Con la coda dell'occhio, notai che a poca distanza da noi c'era Ralph, seduto su un borsone militare che immaginai pieno di panni sporchi. Pochi istanti dopo, gli si avvicinò un uomo dai capelli rossi, vestito di tutto punto e impegnato in una telefonata. Senza tanti convenevoli, l'uomo indicò Ralph, rivolgendogli un impaziente cenno affinché lo seguisse. Ralph si alzò con estrema lentezza, ricevendo uno scappellotto dall'uomo, che indicando il proprio orologio gli fece capire di doversi sbrigare. Mi sciolsi dall'abbraccio con mio padre, continuando a osservare mentre Ralph si metteva il borsone in spalla e si accingeva a seguire l'uomo, tenendosi qualche passo dietro di lui. A un tratto guardò verso di me, e non feci in tempo a distogliere lo sguardo.

Patrick mi trasse d'impaccio sventolandomi una mano di fronte al viso. Aveva gli occhi sgranati e un mezzo sorriso. – Non mi sono scordato di te –. Ci salutammo. – A scuola tutto bene?

Patrick fece spallucce, dondolando la testa da una parte all'altra come a voler dire: insomma...

«Allora? Com'è andata questa prima settimana?» Segnò papà.

Ne avevamo già parlato per telefono tutte le sere, ma mi strinsi nelle spalle. – Bene, credo.

«Hai preparato tutto?» Chiese la mamma, e le risposi con un cenno deciso della testa.

«Andiamo a prendere le tue cose,» segnò Patrick. Mi girai verso di lui con un'espressione scioccata.

«Volevo che fosse una sorpresa. Ho preso qualche lezione anche io,» spiegò lui. Gli avvenimenti degli ultimi mesi erano stati a dir poco travolgenti, ma sapere che il mio migliore amico stava imparando il linguaggio dei segni solo per me forse mi colpì anche di più.

«Amici?» Segnò Patrick.

«Amici,» confermai, deglutendo lentamente e facendo una fatica immensa a non scoppiare a piangere come un bambino lì nel parcheggio. Temevo seriamente di finire in quel modo da come sentii contrarsi il mio viso, e riuscivo quasi a immaginarmi mentre crollavo senza riuscire a riprendermi. Così feci l'unica cosa che mi venne in mente per distrarmi, ossia dare un pugno scherzoso sul braccio di Patrick, aspettando che ricambiasse il gesto. Poi finalmente ci abbracciammo, dandoci delle pacche piuttosto energiche sulla schiena.

Sentendomi picchiettare sulla spalla mi voltai di scatto, trovando Kyle con le braccia incrociate, come a voler chiedere che facessi le dovute presentazioni. Lo accontentai. Portava uno zaino in spalla, e mi spiegò che stava aspettando che i suoi venissero a prenderlo. Nell'attesa, sia mamma che papà lo trattarono come se avessero appena adottato un altro figlio. Brenda gli parlava facendo sfoggio delle sue abilità nella lingua dei segni, mentre io e Patrick tornammo nel dormitorio maschile per prendere le mie cose.

Patrick faceva di tutto per continuare a conversare nella lingua dei segni. Aveva un vocabolario ancora piuttosto limitato, ma se la cavava più che bene, considerando che si trattava di un linguaggio di cui non faceva molto uso nella vita di tutti i giorni. Parlò del tempo e mi chiese come andasse la scuola. Io non riuscivo a trattenermi dal mostrare tutta la mia ammirazione e la gioia di poter segnare anche con lui.

Una volta arrivati nella mia stanza, però, Patrick si fece improvvisamente cupo. Dopo essersi guardato attorno per qualche istante, prese un quaderno e una penna dalla mia scrivania e scrisse: «Hai sentito di Jessica Ketchum?»

Il nome mi sembrava vagamente familiare, ma: – No. Chi è?

«Era in classe con tua sorella l'anno scorso. I tuoi ne parlavano in macchina,» spiegò.

– Cosa le è successo?

«Lei e la madre sono state coinvolte in un incidente d'auto. Un ubriaco alla guida ha travolto la loro macchina».

– E stanno bene?

Scosse la testa. «La madre è morta, Jessica è ancora in ospedale. Tua sorella è molto scossa».

– Mi sembrava tranquilla, – osservai.

«In macchina piangeva a dirotto».

Non sapendo bene cosa dire, presi la mia valigia e tirai dritto per le scale, fino al parcheggio. Volevo scappare. Gli ultimi mesi erano stati molto duri per me. Avevo perso l'udito, però ero ancora vivo, così come lo era il resto della mia famiglia. Venni assalito nuovamente dalla voglia di stringere i miei cari e non mollare più la presa.

. . .

Durante il viaggio di ritorno a Batavia io, Patrick e Brenda sedevamo nei sedili posteriori. La mamma, seduta davanti, si girò verso di noi. «Ci fermiamo per cena?»

A quella domanda io mi massaggiai lo stomaco, Patrick annuì e, pur non potendola sentire, ero sicuro che Brenda stesse elencando una lista infinita di posti in cui avrebbe voluto mangiare. Dopotutto, lei era in viaggio da più tempo rispetto a me.

Più che affamato, però, ero particolarmente ansioso di tornare a casa. Mi mancava la mia stanza, il mio letto, ogni singolo centimetro di casa; senza contare il poter passare un po' di tempo per conto mio. Era un pensiero strano, forse anche insensato, ma iniziavo a rendermi conto di non essermi ritagliato del tempo per riflettere su come mi sentissi. Inconsciamente, mi ero in qualche modo incolpato per ciò che mi era successo? Avevo bisogno di staccare un po' la spina, trascorrere del tempo di qualità con Patrick... e Whitney! Quanto mi mancava.

Conclusi che la nostalgia di casa batteva di gran lunga la fame. Non vedevo l'ora di arrivare.

CAPITOLO VENTINOVE

Per qualche strano motivo, credevo di trovare la mia stanza diversa da come l'avevo lasciata, eppure ogni cosa era al suo posto: i poster con i giocatori di baseball non si erano mossi dalle pareti, il copriletto blu era e blu era rimasto, i miei trofei svettavano sulle varie mensole. In quel momento mi sentii tutt'uno con la mia stanza, come quando potevo ancora sentire. Come quando ero ancora il vero Mark.

Accesi lo stereo e inserii un CD, aumentando gradualmente il volume e osservando le barre del mixer crescere fino ad assumere una colorazione rossa, che indicava il livello massimo. Non riuscivo a sentire la musica, ma la percepivo. Le vibrazioni permeavano gli assi di legno del pavimento, solleticandomi le piante dei piedi; il suono cupo del basso e le percussioni della batteria si facevano strada tra le fibre del tappeto, pulsando contro i miei piedi. Riuscendo a identificare le battute del tempo, le mie gambe iniziarono a muoversi a ritmo e presi a ondeggiare, muovere la testa, piegare tutto il corpo fino a terra per poi tornare su. Era una sensazione stupenda. Non potevo sentire la parte cantata, ma non avevo perso del tutto la musica!

Girando su me stesso seguendo la canzone, a un certo punto mi accorsi che avevo degli spettatori, vale a dire tutta la mia famiglia, in piedi sulla porta con le mani sulle orecchie. Io continuai a ballare, con un sorriso quasi ebete stampato in volto. – La sento! – Urlai. – Riesco a sentire la musica!

La mamma giunse le mani, entusiasta, ed entrò per unirsi alle danze. Si allungò fino a potermi prendere le mani nelle sue, abbracciandomi forte. Sentii le sue lacrime calde sulla fronte, ma quando ci sciogliemmo dall'abbraccio, sorrideva.

Anche papà non si fece attendere. Fece un largo inchino in direzione di Brenda, che accettò l'invito a ballare con una riverenza. Tolte di mezzo le formalità, iniziarono a ballare come dei matti anche loro.

Il mattino dopo, le luci in cucina iniziarono a lampeggiare, così andai a vedere chi stesse suonando alla porta. Mi trovai davanti Patrick, con tanto di mazza da baseball e guantone già indossato. Alzò entrambe le sopracciglia, cercando implicitamente di capire se avessi voglia di giocare.

Ne avevo, eccome se ne avevo. Anche se il mio equilibrio era migliorato, sapevo che non sarei più stato in grado di muovermi come un tempo; ormai non mi capitava più di inciampare ogni due per tre, ma dovevo guardare in faccia la realtà: il giocatore che ero prima di ammalarmi non esisteva più, e mai sarebbe più esistito. – Nah. Non mi va, grazie.

Patrick tolse il guantone e se lo mise sottobraccio, così da potermi chiedere con i segni: «Perché?»

– Non mi va, tutto qui.

Allora, con un'altra alzata di sopracciglia, mimò una pedalata in bicicletta. Scossi la testa. La bici era in garage, e lì sarebbe dovuta rimanere. Dopo lo spavento che mi ero preso in estate, non ci ero più montato. Mi ci mancava solo di venire investito e passare qualche altro mese in ospedale con le ossa rotte... se non qualcosa di peggio. – Vuoi entrare?

Si strinse nelle spalle. Il tempo era splendido, e in genere non stavamo mai in casa con il bel tempo. O almeno, così era *prima*. – Potremmo fare qualche partita ai videogiochi, – proposi. La sera precedente, dopo i balli sfrenati con la mia famiglia, avevo rispolverato il gioco di baseball ed ero rimasto sorpreso dal fatto di essermi divertito, pur non riuscendo a sentire nessuno degli effetti sonori.

«Ok,» rispose Patrick.

Ci sistemammo in salone e giocammo per un'oretta. Patrick scelse di giocare i Mets, io ovviamente gli Yankees. Giocammo sette inning, impersonando tutti i ruoli. Il gioco richiedeva di essere piuttosto rapidi con i vari pulsanti e levette, in modo da sfruttare tutte le dinamiche e le strategie possibili. Io e Patrick eravamo molto simili alla console: non riuscivamo a stare fermi un secondo, e ci contorcevamo nei modi più strani come se così facendo, i giocatori virtuali rispondessero meglio ai nostri comandi. Purtroppo furono i Mets ad avere la meglio, con un punteggio di 10 a 7.

– Altro giro? – Domandai, con il dito già pronto sul pulsante per riavviare il gioco. Ma Patrick raffazzonò una scusa sul dover tornare a casa per aiutare sua madre a fare qualcosa. Non mi sfuggì il modo in cui, andandosene, raccolse palla e guantone: la verità era che stava andando al campetto da baseball. Con una giornata come quella, di sicuro era stata organizzata qualche partitella, e non potevo di certo biasimarlo se voleva partecipare. Anche una parte di me avrebbe voluto farlo.

CAPITOLO TRENTA

C'ERA UNA DIFFERENZA SOSTANZIALE TRA IL MANGIARE nella cucina di casa mia durante il fine settimana e il mettere piede nella mensa della scuola il lunedì successivo. Desiderai all'istante che fosse di nuovo venerdì.

Kyle sedeva a uno dei tavoli da solo, intento a scrivere su un quaderno e lanciare qualche occhiata al libro di matematica che teneva aperto di fronte a sé.

«Compiti?» Segnai, dopo aver appoggiato il vassoio poco distante.

«Non proprio. Ecco, prova anche tu,» rispose, strappando un angolo da una pagina del quaderno e porgendomelo insieme a una penna. «Scegli un numero tra 1 e 100».

Tracciai un 8 sul pezzetto di carta.

«Moltiplicalo per due».

16.

«Aggiungi 5».

21.

«Moltiplica il risultato per 50».

Mi ci volle qualche secondo, ma alla fine scrissi 1050.

«Hai già compiuto gli anni quest'anno?»

PHILLIP TOMASSO

Annuii, segnando: «Ad aprile».

«Allora aggiungi 1752».

2802.

«Sottrai il numero del tuo anno di nascita».

Fatta anche quell'operazione, mi ritrovai con un risultato di 812.

«La prima cifra è il numero che hai scelto, le altre due la tua età».

Rimasi di stucco. «Te lo sei inventato tu?»

«No, ce l'ha insegnato il maestro di matematica,» spiegò Kyle chiudendo il quaderno. Sperai che il mio insegnante di matematica fosse altrettanto interessante. Alla mia vecchia scuola c'erano insegnanti bravi e meno bravi, e questi ultimi riuscivano a trasformare la matematica in un'autentica tortura. A occhio, Kyle era stato fortunato. «Hai passato un buon weekend?» Domandai.

«Infinito. Sono figlio unico, e dove abito non ci sono molti bambini con cui giocare. Preferisco stare qui. E tu?»

«Tutto ok,» dissi senza sbilanciarmi troppo; non volevo esternare quanto non vedessi l'ora di tornare a casa.

Kyle afferrò il suo hamburger e lo addentò con gusto, ma subito dopo sobbalzò vistosamente.

«Che succede?» Segnai.

«Il dente,» rispose infilandosi le dita in bocca. Pur non avendo ingoiato il boccone, in qualche modo riuscì a trovare il dente e a tirarlo fuori. Poi, sollevandolo e ammirandolo come fosse un trofeo, riprese a mangiare tutto sorridente.

Con la coda dell'occhio vidi Samantha e il suo amico Brian lasciare la fila per la mensa e guardarsi intorno alla ricerca di un posto a sedere. Mi sbracciai per farmi vedere e li invitai a unirsi a noi.

«Ciao, ragazzi,» ci salutò lei mentre si sedevano. Brian si limitò a un cenno del capo.

«A Kyle è caduto il dente,» annunciai. Samantha applaudì, sinceramente entusiasta della notizia; la cosa divertente fu che Kyle non lo sembrava più così tanto. Si alzò, avvolse il dente in un tovagliolo di carta e se lo infilò in tasca, per poi rimettersi seduto e finire il suo hamburger come se niente fosse. Samantha mi guardò con fare interrogativo, al che alzai sia le sopracciglia che le spalle. «Ha paura che la fatina dei denti non lo trovi,» segnai, facendo l'occhiolino.

«Ti troverà, tranquillo,» cercò di rassicurarlo Brian, ma Kyle non parve affatto sollevato.

«Com'è andata quella verifica di geografia della scorsa settimana?» Chiesi.

Brian scrollò le spalle. «Non ce l'hanno ancora riportata».

«Come pensi sia andata?» Domandò Samantha.

«Non lo so, ma mi accontento di qualsiasi voto sopra la sufficienza,» rispose Brian con un sorriso sornione.

«Stasera che fate?» Chiese ancora lei.

«Perché?» Rispose lui.

«Nella sala cinema fanno vedere quella nuova commedia in cui il protagonista un giorno si sveglia e si ritrova trasformato in un ragazzino di nove anni,» spiegò lei.

«È da quando è uscito quest'estate che voglio vederlo,» segnò Brian. «Odio il fatto che dobbiamo aspettare tutto questo tempo per avere la versione con i sottotitoli. Io ci sono. Tu che fai, Mark?»

Io l'avevo visto in primavera. Come avrebbe potuto far ridere con i sottotitoli? «Certo, perché no?»

«Inizia alle sette. Ceniamo insieme e poi andiamo?» Propose Samantha.

«Perfetto,» rispondemmo sia io che Brian.

«E tu, Kyle?» Cercai di coinvolgere anche il mio compagno di stanza.

«Passo, ho il club di scacchi stasera,» segnò lui, continuando a passarsi la lingua sulla parte di gengiva rimasta scoperta dopo la caduta del dente.

CAPITOLO TRENTUNO

Seduto nella piccola sala comune del dormitorio, conversavo attraverso il telefono per sordi con Patrick, che per usarlo andava a casa dai miei. Sentii il mio stomaco brontolare, quasi a volermi avvertire che si avvicinava l'ora di cena. *Dopo mangiato vediamo un film. È quella commedia in cui un tizio si sveglia ed è tornato bambino.* **

La risposta di Patrick scorreva lentamente sullo schermo. *L'abbiamo visto insieme, ti ricordi? È carino. E come lo vedete? Lo traduce un interprete?* **

No, ci sono i sottotitoli. **

Patrick rispose: *Ah, capito. E questo Brian com'è?* **

Sembra uno a posto. Gioca a calcio, cose così. **

Bello il calcio. Ci giochi anche tu? **

Pur sapendo che non mi avrebbe creduto, o che non avrebbe capito, risposi: *No, io no. Non sono un tipo sportivo. Senti, è quasi ora di cena, devo andare.* Prima di agganciare, lo salutai con *CSPT*, ossia "ci sentiamo più tardi".

La giornata era stata piuttosto fresca, e dato che stava facendo buio decisi di tornare velocemente in camera per prendere un cappotto. Dopo il caldo perpetuo dell'estate, passare all'autunno di Rochester era un bel cambiamento: un giorno potevano esserci trenta gradi, quello dopo la metà. Una volta qualcuno disse: "Se non ti piace il meteo di qui, aspetta cinque minuti: probabilmente peggiorerà". Pensavo fosse solo uno scherzo, o una qualche leggenda metropolitana.

Recuperai il cappotto e uscii dalla stanza, certo che quella serata con i miei nuovi amici mi avrebbe distratto dalla forte nostalgia di casa. Appoggiato al muro del corridoio, a metà strada tra la mia stanza e le scale, trovai Ralph, la cui espressione spavalda mi fece capire che aspettasse proprio me.

«Permesso,» segnai.

«Dove te ne vai?» Domandò lui. Provai a ignorarlo, poggiandomi il cappotto su una spalla e facendo per superarlo, ma lui mi fece indietreggiare con una spallata.

«Ti ho fatto una domanda».

Non riuscivo proprio a capire perché ce l'avesse tanto con me. Volevo solo che mi lasciasse in pace. «Senti, non possiamo dimenticarci di quello che è successo l'altro giorno e ricominciare da zero?»

Scosse la testa. «No».

«Peccato». Provai a spingerlo via con un braccio; non volevo far aspettare Brian e Samantha. Ma Ralph era inamovibile, neanche fosse una quercia secolare.

«Peccato per te,» ribatté. «Hai paura di fare tardi al tuo appuntamento con Samantha?» Mentre replicò il segno nome di Samantha, ondeggiò il sedere e agitò il polso vicino all'angolo della bocca.

«Piantala». Evidentemente mi aveva visto a pranzo con loro e sapeva dei nostri programmi per la serata. Scuotendo la testa aprì la porta dello sgabuzzino e, dall'espressione che gli si dipinse in volto, compresi subito che intenzioni avesse.

Mi voltai, cercando di sfuggirgli e scappare verso la mia stanza. La mia mente iniziò a galoppare, il cuore sembrò scoppiarmi in petto e il suo battito iniziò a riecheggiarmi nel cranio. Avevo il fiato corto. Ero terrorizzato.

Mi sentii afferrare da dietro, persi l'equilibrio e caddi, ritrovandomi Ralph addosso. Non era solo più alto di me, ma pesava anche molto di più. Non avevo bisogno dell'udito per rendermi conto del volume delle mie richieste di aiuto: i muscoli del collo erano tesi al massimo, e avevo spalancato la bocca al punto che la mandibola mi faceva male. Nonostante ciò, non ero solo io a non poter sentire la mia voce. Nessuno avrebbe potuto sentirmi.

Ralph si rialzò, trascinando in piedi anche me. Tenendomi fermo per le braccia, mi spinse a forza contro l'armadietto del ripostiglio e chiuse la porta con un piede. Provai a girare la maniglia, ma senza successo. Avevo immaginato che non fosse chiusa a chiave, ma che la stesse solo tenendo lui. Provai a forzarla con una spallata, ma a giudicare dal dolore che sentii e dal fatto che non si mosse di un millimetro, realizzai che era bloccata. Allora iniziai a prenderla a pugni, continuando a chiedere aiuto con tutta la voce che avevo in corpo. Mi venne da ridere: chi mi avrebbe sentito? La mia unica speranza era Kyle, dato che portava un apparecchio acustico, ma era a lezione di scacchi e non sarebbe tornato prima delle sette.

Ero quasi del tutto al buio, fatta eccezione per un debole fascio di luce proveniente da sotto la porta. Non potevo restare lì senza far nulla. – Fatemi uscire, – ripresi a gridare, battendo i pugni contro la porta. – C'è qualcuno? Aiuto!

Dopo diversi minuti mi sedetti a terra, poggiando la schiena contro uno scatolone pieno di quelli che, a giudicare dall'odore, erano detersivi. Il tempo sembrò passare al rallentatore. A intervalli regolari davo un calcio alla porta, gridando aiuto. Non avevo idea se a un certo punto qualcuno avrebbe sentito tutto il chiasso che stavo facendo, ma nel dubbio decisi di continuare, o non sarei uscito di lì fin quando un inserviente non sarebbe passato per prendere una scopa, o qualcos'altro. D'altra parte, mi resi conto che stavo ragionando come una persona ancora in grado di sentire, ma non lo ero più io e non lo erano le persone intorno a me.

Così mi venne un'altra idea. Aprii un flacone di detergente e ne versai il contenuto sotto lo spiraglio della porta, in modo che si propagasse nel corridoio: qualcuno l'avrebbe senz'altro notato. A tentoni nel buio trovai un paio di stracci, e feci passare anche quelli sotto la porta. Sperai che Norton, il responsabile di dormitorio, passasse di lì e si insospettisse vedendo quel pastrocchio.

Per ammazzare il tempo mi misi a ripassare l'alfabeto nella lingua dei segni, mimando tutte le lettere una prima volta con entrambe le mani, poi alternandole. A un certo punto dovevo essermi addormentato, e quando mi risvegliai non avevo coscienza di quanto tempo fosse trascorso; l'unica certezza era che ormai il film doveva essere finito da un pezzo. A svegliarmi era stato l'odore penetrante del detersivo rovesciato, che mi penetrò a fondo nelle narici e mi fece lacrimare gli occhi. Conclusi che in un modo o nell'altro avrei dovuto forzare quella porta, perciò mi alzai e afferrai la maniglia con entrambe le mani, pronto a dare un'altra spallata; invece stavolta girò normalmente. Evidentemente qualcuno, o meglio, Ralph doveva averla riaperta.

Il sollievo che mi invase si tramutò rapidamente in rabbia. Mi diressi con un passo furibondo verso l'ufficio di Norton, deciso a raccontargli di come Ralph mi avesse attaccato alle spalle, buttandomi nel ripostiglio e chiudendomici dentro, di come sostanzialmente Ralph non mi avesse mai lasciato in pace da quando ero arrivato lì. La porta dell'ufficio era aperta, e Norton sedeva alla sua piccola scrivania, immerso nella lettura di un libro. Per attirare la sua attenzione, spensi e riaccesi la luce. Alzò lo sguardo e mi rivolse un sorriso.

Di colpo, non seppi più cosa dire. Era la mia occasione: raccontando tutto a Norton, probabilmente la scuola avrebbe contattato i genitori di Ralph per portarselo via... subito dopo però mi tornò in mente il padre, vestito di tutto punto e con il cellulare all'orecchio, mentre gli dava uno scappellotto. Ralph avrà anche meritato di finire nei guai, ma cosa avrei ottenuto spifferando tutto a Norton? Doveva esserci un altro modo.

«Tutto ok, Mark?» Chiese Norton usando il mio segno nome.

Ero come ammutolito. Mi sforzai di sorridere. «Passavo solo per dare la buonanotte».

«Buonanotte a te,» rispose, per poi tornare al suo libro. Non insistette oltre. Se l'avesse fatto, forse gli avrei detto tutto senza farmi tanti problemi.

Prima di tornare in camera mi fermai a ripulire il pavimento del corridoio dal detersivo, usando gli stracci che avevo disseminato fuori dalla porta del ripostiglio. Se avessi sbugiardato Ralph, tutti gli altri mi avrebbero preso per una spia. Per mettere a posto le cose tra noi, mi sarei dovuto inventare qualcos'altro.

Una volta tornato nella mia stanza, vidi che Kyle già dormiva. La sveglia segnava le nove e venti. Inspirando profondamente, mi diressi verso la finestra. Fuori pioveva, ma non aveva alcuna importanza; tanto non dovevo andare da nessuna parte. Volevo almeno spiegarmi con Samantha e Brian, ma ormai era troppo tardi. Sicuramente erano già andati a dormire. Speravo che non ce l'avessero con me per aver dato loro buca.

Mi spogliai e misi il pigiama. Prima di mettermi a letto, però, mi ricordai di dover fare una cosa, così tornai all'armadio e presi un paio di banconote, avvicinandomi poi al letto di Kyle il più furtivamente possibile. Mi sfuggì un sorriso: il suo apparecchio acustico era sul comodino. Avrei potuto fare quanto rumore volessi, non l'avrei svegliato: ma muovendogli il cuscino forse sì. Feci scivolare delicatamente la mano fino a trovare il tovagliolo in cui aveva avvolto il dentino, e lo sostituii con i soldi. Invece di buttarlo nel cestino, decisi di scaricarlo nel water. Non volevo che Kyle scoprisse che la fatina dei denti effettivamente non potesse trovarlo lì, e non volevo avere la responsabilità di dargli la sconcertante notizia.

CAPITOLO TRENTADUE

CI ERA VOLUTO PARECCHIO, MA PIANO PIANO MI ERO abituato all'aggeggio vibrante che adesso mi toccava usare come sveglia. Ma quella mattina fu Kyle a strapparmi dal sonno. Lo fissai ancora un po' rintontito mentre si sbracciava e sorrideva con i soldi ricevuti in mano, nemmeno avesse vinto alla lotteria. «Che succede?»

«La fatina dei denti! Non credevo riuscisse a trovarmi!» E continuò a saltellare in giro.

«Te l'avevo detto». Presi i soldi e li guardai attentamente, cercando poi di fare un'espressione stupita tanto quanto la sua. Con gesti volutamente esagerati segnai: «Te l'avevo detto che sarebbe venuta!»

Mentre uscivo dal dormitorio, notai Samantha all'ingresso di quello femminile. Probabilmente stava andando a fare colazione in mensa anche lei. Sapevo che mi aveva visto e, dal modo in cui superò stizzita l'edificio Forrester, sapevo anche di essere in guai molto grossi. La raggiunsi correndo e le picchiettai leggermente la spalla, ma lei non si fermò, così la superai di qualche metro e cercai di sostenere la conversazione camminando all'indietro.

«Non fai colazione?»

«Perché non sei venuto ieri sera?» Rispose con un'espressione offesa, virando bruscamente in direzione dell'edificio Westervelt, nonostante mancasse più di un'ora all'inizio delle lezioni. La rincorsi nuovamente.

«Posso spiegare».

Lei fece spallucce, come a volermi far capire che delle mie spiegazioni non gliene importasse un fico secco. «Ti sei perso il film, poco male. Ma avresti potuto almeno avvisare me o Brian. Ti abbiamo aspettato talmente a lungo che abbiamo rischiato di perderci l'inizio».

«Ralph,» dissi solamente.

Lei si fermò, lanciandomi un'occhiata di finta sorpresa.

«Mi ha chiuso nel ripostiglio. Sono rimasto bloccato lì fino alle nove».

Nel sentire ciò, il viso di Samantha si addolcì. «Davvero?»

«Davvero».

«Scusa se non ti ho fatto parlare. Ah, maledetto Ralph! Mi fa così infuriare. Avrei dovuto immaginare che per non presentarti, doveva essere successo qualcosa. E soprattutto che c'entrasse lui in qualche modo. Ma non avrei mai creduto che arrivasse a tanto!»

«Nessun problema. E Brian? È arrabbiato anche lui?»

«Ci è rimasto un po' male. Ma quando gli dirai quello che hai detto a me, capirà. Quindi cos'è successo?»

«Stavo per venire da voi, ma Ralph si era appostato fuori della mia stanza. Mi ha messo le mani addosso e mi ha chiuso nel ripostiglio».

«E Norton cosa ha fatto quando glielo hai detto?» Chiese lei.

Scossi la testa. «Non gliel'ho detto. Non lo dirò a nessuno, a parte te e Brian».

«Perché? Merita di essere punito,» protestò Samantha.

Dopo un momento di silenzio imbarazzato decisi di sviare il discorso. «Quindi mi sono perso un bel film?»

Lei scosse la testa, intuendo il mio bluff. «Era carino».

«Tutto qui? Solo carino?» Sorrisi, e lei fece altrettanto.

«In realtà era molto bello. Vuoi fare colazione?»

«Altroché».

«Andiamo, ti racconto tutto».

Mentre ci dirigevamo verso la mensa, le mani di Samantha presero letteralmente vita nel ripercorrere la trama del film. «Praticamente inizia con il protagonista che sale in macchina, e appena la accende, questa esplode in mille pezzi!»

«Io adoro le esplosioni!»

«Allora questa ti sarebbe piaciuta un sacco. Potevo quasi sentire il calore delle fiamme attraverso lo schermo,» mi rassicurò. «Se lo proiettano di nuovo e ti va di andare, non mi dispiacerebbe rivederlo».

«Ci sto,» dissi senza pensarci due volte.

La signora Campbell mi sorrise non appena mi vide entrare in classe. «Come va?» Chiese con i segni.

«Bene, e lei?» Mi ero rifiutato di raccontare a Norton di quanto accaduto con Ralph, figuriamoci se l'avrei fatto con un'insegnante.

«Tutto bene, grazie. Da oggi pomeriggio inizieremo a frequentare le lezioni regolamentari. Che ne pensi?»

A dirla tutta, ero un po' spiazzato: le lezioni individuali con lei mi erano piaciute molto e mi avevano fatto progredire molto rapidamente. Era tra i migliori insegnanti che avessi mai avuto, e non era solo per la sua infinita pazienza, anche se quella aiutava parecchio. Non era nemmeno per la sua severità, e pure quella si era rivelata necessaria a volte.

«Che succede, Mark?»

Mi faceva sentire come se le piacessi genuinamente come persona, e sapevo che passare alle lezioni normali avrebbe significato perderla.

«Non voglio smettere di averla come insegnante,» risposi.

Lei arrossì all'istante. «Io posso insegnarti solo la lingua dei segni, mentre il resto del corpo docente della scuola ti fornirà tutte le altre conoscenze che ti servono alla tua età. Non vorrai mica restare indietro rispetto agli altri?»

«No, non voglio restare indietro. Prima me la cavavo bene nello studio... certo, non prendevo chissà che voti, ma andavo piuttosto bene».

«Ma sei spaventato per quello che ti aspetta andando avanti?» Segnò lei.

Non l'avevo mai vista in quel modo, ma mi ritrovai nelle sue parole. «Un po'».

«È normalissimo, non devi avere paura. Non ti abbandonerò dall'oggi al domani, procederemo un giorno alla volta. E ti dico un'altra cosa: io non vado da nessuna parte. Se hai bisogno di me, sai dove trovarmi».

L'unica immagine che mi veniva alla mente era di essere seduto al banco, e di fissare con lo sguardo perso nel vuoto un insegnante che segnava talmente veloce da non riuscire nemmeno a distinguere un singolo segno dall'altro. E quando mi guardavo intorno, i miei compagni annuivano in accordo con qualsiasi cosa si stesse dicendo. Tutt'a un tratto si giravano tutti a fissarmi, aspettando che dessi la risposta a una domanda che non avevo nemmeno visto venir posta. Che incubo!

La signora Campbell si alzò.

«Dobbiamo andare adesso?»

Annuì, sorridendomi. «Andrà tutto bene, vedrai».

E così mi accompagnò alla mia prima, vera lezione alla Scuola per Sordi di Rochester. Mi sentivo come un cucciolo trascinato a forza nella sua prima passeggiata con il guinzaglio. Mentre percorrevamo il corridoio, rimasi a qualche passo di distanza dalla signora Campbell. Una volta arrivati davanti la classe entrò prima di me, girandosi e facendomi cenno di entrare con un'espressione incoraggiante.

L'insegnante, seduta alla cattedra, era una signora piuttosto in carne, con i capelli corti e neri e un sorriso smagliante, che si allargò ancora di più non appena mi vide entrare in classe. C'erano altri otto studenti, i cui banchi erano disposti a ferro di cavallo attorno alla cattedra; immaginai che quella disposizione facesse in modo che tutti potessero vedere tutti. Erano tre ragazze e cinque ragazzi, e uno di loro era nientemeno che Ralph. La mia solita fortuna.

Per rincarare ulteriormente la dose, l'insegnante mi fece sedere proprio di fronte a lui, poi si alzò. «Sono la signora Stokes. Ragazzi, lui è Mark Tanner, e da oggi sarà dei nostri. Per questa settimana, sarà accompagnato dalla signora Campbell. Mark è arrivato da poco, quindi diamogli un caloroso benvenuto».

Tutti gli altri mi salutarono in vari modi, e io risposi agitando la mano. Molti di loro li avevo già visti in giro per il campus. Mi sedetti accanto alla signora Campbell e aspettai che l'insegnante ricominciasse la lezione.

«Hai un segno nome?» Chiese la signora Stokes. Annuii e segnai la lettera M accanto alla fronte, come se fosse un cappellino da baseball. Lei lo ripeté, e con la coda dell'occhio vidi Ralph scimmiottarmi, aprendo e chiudendo la mano vicino alla fronte come se fosse una marionetta. Volsi subito lo sguardo per non dargli troppe attenzioni, e notai che alla signora Stokes non era sfuggito nulla, perché alzò gli occhi al cielo e rimproverò subito Ralph: «Adesso basta». Evidentemente, avendolo come studente, conosceva già il soggetto. Vidi alcuni dei miei compagni ridere, e fui grato di non poterne sentire il suono.

«Stiamo facendo letteratura, Mark, e stavo giusto spiegando che alla fine della settimana darò a tutti una copia de *I ragazzi della 56ª strada* di Hinton, dato che sarà oggetto di verifica. Qualcuno l'ha mai letto, o ne ha mai sentito parlare?»

Tutti fecero segno di no, con la testa o con le mani. Io alzai la mano.

«Mark? Lo conosci?»

«Ne hanno fatto un film, se ricordo bene».

«Esatto. Ma il film è leggermente diverso dal libro,» rispose la signora Stokes. «Vi anticipo subito che quando faremo il test dopo aver completato la lettura, troverete diverse domande riguardo al libro che nel film non riuscireste a trovare. Ma non preoccupatevi, sono sicura che vi piacerà. È un romanzo molto avvincente che tratta di baby gang, famiglia e lealtà».

Non le dissi che ero certo che il libro mi sarebbe piaciuto, ma sapevo fin da subito che non avrei potuto dire lo stesso della mia classe; non con Ralph seduto a pochi metri da me. Mentre la signora Stokes spiegava con grande trasporto i concetti di trama, ambientazione e le figure retoriche, lui non mi tolse gli occhi di dosso nemmeno per un istante. E non era il solo: sorpresi anche altri compagni a guardarmi di sottecchi, e talvolta le nostre occhiate furtive finirono per incrociarsi. A differenza di Ralph, però, nessuno di loro mi fissava con malizia. Sembravano semplicemente incuriositi, come del resto lo ero io da loro.

La signora Campbell mi diede diverse pacche di incoraggiamento sulla schiena, ma servì solo a farmi sentire un pesce fuor d'acqua. Volevo andarmene e tornare alle nostre tranquille lezioni individuali.

Provai a svignarmela non appena fu terminata l'ora, ma la signora Campbell mi chiese di aspettarla sull'uscio, per poi mettersi a segnare con la mia nuova insegnante. Forzandomi di non guardare Ralph mentre raccoglieva le sue cose, decisi di aspettare in corridoio. Quando uscì, mi colpì con una leggera spallata.

– Idiota, – borbottai. Lui si girò subito a guardarmi. Mi aveva forse sentito?

Scuotendo la testa, fece: «Perché non hai detto a nessuno di quando ti ho chiuso nel ripostiglio?»

Mi limitai a rispondergli con una scrollata di spalle. Non sapevo nemmeno io il perché. Forse ero solo un codardo.

«Sfigato». Schiuse la bocca in una muta risata e si allontanò.

CAPITOLO TRENTATRÉ

Brian, in piedi sul ciglio della scarpata, lanciava sassi nel fiume che scorreva impetuoso sotto di noi, mentre Samantha era sdraiata su una roccia, tenendosi la nuca con le mani e lasciando che il sole le riscaldasse il viso. Io ero in mezzo a loro, con le mani in tasca, godendomi semplicemente il momento.

Raramente avevo visto un cielo così azzurro. Non c'era la minima traccia di una nuvola, e gli uccelli volavano di albero in albero senza mai allontanarsi da quel piccolo angolo di paradiso. Forse anche loro se lo stavano gustando come noi.

L'aria odorava di fresco, di pulito. Sembrava di stare nel bel mezzo di qualche foresta, tipo quella del parco di Adirondack: invece eravamo nel campus della scuola, circondati dal paesaggio urbano di Rochester. Quella che poteva sembrare una distesa infinita di alberi, in realtà pochi metri dopo terminava nel giardino di qualche residente. Ma tutto ciò non mi impediva di sentirmi bene, e di immaginare che ci trovassimo in una macchia sperduta.

Brian voltò le spalle al fiume e si sedette su una roccia, di fronte a Samantha. «Non vedo l'ora di diplomarmi e iniziare a studiare medicina,» segnò.

Quasi mi venne da ridere. «Medicina? Vuoi diventare un dottore?»

«Certo, perché no?»

«Non so se qualcuno ti ha avvisato, ma sei sordo,» risposi.

Mi guardò come se mi fosse cresciuta una seconda testa. Poi si alzò, si sporse verso Samantha e le diede un colpetto sulla spalla. Lei schiuse gli occhi, alzando un sopracciglio.

«Mark pensa che non possa fare il dottore da grande,» segnò in modo piuttosto convulso.

Lei si rizzò a sedere, leggermente irrigidita. «E perché?»

«È sordo». Mi sentivo quasi stupido a ricordarlo.

«E quindi?»

«Come "e quindi"? Un paziente che deve raccontargli cos'ha cosa dovrebbe fare, scrivere tutto? O deve imparare la lingua dei segni per farsi visitare da lui?»

«Mai sentito parlare della dottoressa Angela Earheart? Lavora proprio qui, allo Strong Memorial Hospital. È sorda anche lei,» disse Brian.

«E come fa a comunicare con i malati?» Domandai.

«Usa un interprete, sia per i consulti telefonici che di persona,» spiegò lui.

«E tu?» Mi chiese Samantha, dopo un momento di silenzio vagamente imbarazzato.

«Io? Avrei voluto essere un giocatore di baseball professionista».

«E non vuoi esserlo più?» Chiese Brian.

Scossi la testa e segnai: «No».

«Come mai?» Domandò Samantha.

Avrei voluto rispondere dicendo l'ovvio, ma mi trattenni. «Non ci sono squadre composte da soli sordi».

«Perché deve essere per forza composta solo da sordi?» Segnò Brian.

«Non c'è solo il baseball nella vita,» risposi, decidendo di cambiare subito argomento e rivolgendomi a Samantha. «Tu invece?»

Con un sorriso, rispose con rapidi movimenti delle mani: «Io sarò un'artista famosa».

Per diversi istanti conversammo in merito alle sue opere, ma non stavo prestando molta attenzione al filo del discorso. Entrambi i miei amici avevano le idee piuttosto chiare sul futuro, e volevo sinceramente essere contento per loro, ma non era così semplice. Venni assalito da una profonda invidia.

«Credi in Dio?» Segnò a un certo punto Samantha.

Dio? Senza darci tanto peso, alzai le spalle ed annuii.

«Preghi?»

Se non avesse avuto un'espressione tanto seria, sarei scoppiato a ridere all'istante. «No».

«Come, credi in Dio ma non ci parli?»

«E di cosa dovremmo parlare?»

«A Lui piace sapere come vanno le nostre vite».

«Perché, non lo sa da solo?»

«Sì. Ma preferisce sentirlo da te».

Mi sentii leggermente in imbarazzo. «Tu preghi?»

«Sempre».

«E di cosa parli con Lui?»

«Qualche volta, gli parlo di te. Gli chiedo di darmi forza e coraggio. Quando parliamo non mi sento così sola».

«E ti risponde?»

Samantha mi rivolse un gran sorriso. «Non in un modo

che posso sentire, ma so che mi ascolta. Risponde in un modo tutto Suo».

«Cioè?»

«Gli avevo detto che avrei tanto desiderato un amico. E poi sei arrivato tu».

Il gran sorriso ora ce l'avevo io.

CAPITOLO TRENTAQUATTRO

UN VENERDÌ POMERIGGIO VAGAVO PER I CORRIDOI durante una pausa dalle lezioni, e mi ritrovai a passare diverse volte di fronte alla porta dello studio del dottor Stein. Da diversi giorni sentivo una sensazione di vuoto all'altezza del petto, che a volte era talmente intensa da farmi quasi male. Seppur convinto di non aver bisogno di parlarne con un medico, il dottor Stein mi andava abbastanza a genio. Era una persona con cui era facile aprirsi.

Al contempo però ero consapevole di quanto fosse impegnato, e probabilmente avrà avuto tutta la giornata zeppa di impegni e appuntamenti: mi sarebbe bastato dare una sbirciata all'interno dell'ufficio per averne la conferma, così avrei potuto tornarmene a lezione e persino dimenticare di essermi allontanato così tanto per cercarlo.

Quando mi sporsi per guardare, fui sorpreso nel vederlo mentre digitava furiosamente sulla tastiera del suo computer. Era troppo assorbito dal suo lavoro per notarmi, troppo perché gliene importasse davvero qualcosa.

Avevamo un appuntamento, ma se gli era passato di mente non era un dramma. Anche io avevo da fare, per la precisione prepararmi per tornare a casa nel fine settimana.

Mi girai di scatto. Io avevo fatto la mia parte, nessuno avrebbe potuto rimproverarmi nulla. Oltretutto si era fatta l'ora di tornare in classe. Passare dal suo ufficio era stato un errore, tra l'altro anche parecchio stupido.

A un tratto mi sentii toccare la spalla e mi irrigidii all'istante, ma nel voltarmi mi trovai di fronte proprio il dottor Stein, che con l'altra mano faceva roteare una matita. «Mark! Giusto in tempo,» segnò, sorridendomi.

Scrollai le spalle. – Se ha da fare... mi sembrava parecchio impegnato. Non voglio disturbare.

«Mi stavo solo anticipando delle cose, ma ora che sei qui facciamo due chiacchiere».

Entrammo nel suo ufficio e chiuse la porta. Proprio come l'ultima volta, era tutto in perfetto ordine. I raggi del sole che filtravano dalle imposte andarono a illuminare proprio le due poltrone su cui ci sedemmo, come se fossero dei riflettori.

– Di che dobbiamo parlare stavolta? – Domandai a voce, per poi correggermi subito e passare ai segni: «Scusi, dimenticavo che preferisce usare i segni per le sessioni».

«Stai migliorando a vista d'occhio,» rispose, mostrando la propria ammirazione con un lento cenno del capo.

Sorrisi, annuendo a mia volta. «Immagino di sì».

Ci guardammo per qualche istante, finché non fui io a rompere quel contatto cominciando a fissare prima il pavimento, poi il soffitto e terminando con un rapido giro della stanza.

Il dottor Stein agitò la mano per recuperare la mia attenzione. «Come va con Ralph?»

«Frequentiamo il corso di letteratura insieme. Appena finisce la lezione, mi sbrigo ad andare a quella successiva».

«Non ti ha più dato problemi?»

Mi strinsi nelle spalle. «Non rimango mai troppo a lungo nelle sue vicinanze». Avevo scoperto che la sua stanza era un piano sopra alla mia. «Quando lo vedo da qualche parte, vado altrove».

«E questo secondo te serve a risolvere il problema, o solo a evitarlo? Hai mai pensato di provare a parlargli?»

– Senta, io in genere non ho paura di nessuno, ma l'ha visto quant'è grosso? E comunque, io penso che tra noi sia già tutto risolto.

Spalancò gli occhi: avevo parlato. Ma non sembrò curarsene, perché proseguì: «Ah sì? E come?»

Io gli avevo tirato una patatina, lui mi aveva rinchiuso nello sgabuzzino. Eravamo pari. «Senza venire alle mani».

«Beh, ottimo, sono contento di sentirtelo dire. Posso farti una domanda un po' personale?»

«Sì, va bene».

«Come sei diventato sordo?»

La domanda arrivò talmente diretta che mi spiazzò. «Mi sono sentito molto male,» iniziai a spiegare, segnando la parola "meningite" lettera per lettera. «Credo di aver rischiato di morire. Quando mi sono risvegliato, mi sono accorto di non poter più sentire».

«E questo come ti ha fatto sentire?»

«Non ci ho mai riflettuto. Perché?» Domandai. «Chi è nato sordo non ha mai avuto il privilegio di essere circondato dai suoni, e potrebbero non capire cosa si siano persi».

«E tu?»

Provai ad abbozzare un sorriso, ma non ci riuscii. Era una domanda tosta la sua, una domanda a cui non era sufficiente rispondere con un semplice "sì" o "no". Ero cresciuto sentendo lo scorrere dei fiumi, il canto degli uccelli e lo starnazzare dei clacson. Probabilmente non li avrei più sentiti per il resto della mia vita, ma per lo meno li avevo conosciuti. Il fulcro della questione era proprio lì: dovevo ritenermi fortunato per aver potuto sentire tutte quelle cose, pur avendole poi perse, o sarebbe stato meglio vivere nell'ignoranza da sempre? L'unica cosa che sapevo per certo era quanto fosse assordante il suono del silenzio.

«Non so bene come mi sento a riguardo».

Tornai a guardare in giù, studiando prima i lacci delle mie scarpe, poi i ghirigori del tappeto. Mi tornò in mente la chiacchierata con Samantha riguardo Dio. Per la prima volta, mi domandai perché Dio aveva permesso che mi accadesse una cosa simile. L'avevo fatto forse arrabbiare, e quella era la punizione che mi spettava? Chiusi gli occhi e mi spremetti le meningi, cercando di capire cosa mai avessi potuto fare per spingere Dio a privarmi dell'udito.

Il dottor Stein mi riportò di nuovo alla realtà sfiorandomi una spalla. «Non c'è niente di male nel sentirsi in un certo modo o in un altro».

«Credo di sentirmi impotente», confessai.

«Cosa intendi? C'è qualcosa che ti sta dando problemi?»

Per tutta l'estate avevo avuto problemi ad andare in bicicletta e anche solo a lanciare una palla, ma non glielo dissi.

«Cosa vorresti fare da grande?» Segnò il dottor Stein.

«Cosa avrei voluto fare un tempo, o cosa vorrei fare adesso?» Domandai, confuso.

«Interessante che tu me lo chieda. Hai cambiato idea nel frattempo?»

– Beh, sì. Credo di sì.

«Quindi cosa saresti voluto diventare prima di ammalarti?»

Mi tolsi il berretto. – Avrei voluto giocare nella Major League. Ma ora che sono sordo, non accadrà mai.

Lui si lasciò andare all'indietro sulla poltroncina, incro

ciando le gambe e accarezzandosi il mento con la mano destra, come a voler lisciare un pizzetto invisibile. «Esistono tante persone sorde che sono riuscite comunque a diventare famose, Mark, tra cui diversi atleti».

«Non ne dubito,» risposi tornando ai segni.

«Non è giusto che tu smetta di avere ambizioni solo perché non puoi più sentire. A volte i sogni si realizzano comunque, solo in modi diversi da come li avevamo immaginati».

«In vita mia non ho desiderato altro se non il baseball».

«Allora non dovresti abbandonarlo».

Facile a dirsi, pensai tra me e me. Decisi di raccontare al dottor Stein quello che era successo in estate, l'ultima volta che avevo provato a giocare una partita con quelli che ritenevo miei amici.

«Mi dispiace molto. Ma come ben sai, alcune persone possono essere davvero crudeli. Ciò non significa che tu non possa difendere i tuoi sogni fino allo stremo delle forze, da chiunque provi a metterti i bastoni tra le ruote. Realizzare determinati obiettivi è difficile, a prescindere che si abbia l'udito o meno».

Il suo discorso mi riportò subito alla mente il giorno in cui mio padre mi disse cose abbastanza simili. Da ragazzo, il suo sogno era di diventare una rockstar, ma la fama, come mi spiegò, non si acquisiva semplicemente desiderandola da piccoli.

– Non è solo perché Jordan si è comportato male. Io volevo solo stare insieme agli altri e giocare, come se non fosse cambiato nulla... –. Il groppo in gola si fece insostenibile, e avevo le guance in fiamme. Con l'avambraccio mi strofinai gli occhi per non averli più tanto annebbiati dalle lacrime.

«E invece era cambiato tutto, non è così?»

– Io amo il baseball con tutto me stesso. Amo stare sul campo, in battura, sul monte del lanciatore. Amo voltarmi e vedere la mia famiglia che fa il tifo per me dagli spalti. Non ho mai amato qualcosa così tanto. O almeno, così credevo. Adesso faccio fatica anche con i movimenti più basilari. Un giocatore sordo che sente un costante ronzio nelle orecchie e non riesce a fare un lancio senza cadere non ha nessuna speranza di entrare nel professionismo. Non potrò mai giocare per gli Yankees.

Il dottore annuì e, dal modo in cui aggrottò le sopracciglia e contrasse la bocca, era evidente che gli ingranaggi della sua mente stavano lavorando alla massima capacità. «Diventare un giocatore professionista di baseball dev'essere estremamente difficile,» segnò infine.

«Decisamente,» risposi.

«Quindi immagino che lo sia ancora di più per un ragazzo sordo». Praticamente stava solo girando il dito nella piaga.

«Ma se ti arrendi senza nemmeno provarci, non saprai mai come potrebbe andare a finire».

CAPITOLO TRENTACINQUE

VACANZE DEL RINGRAZIAMENTO

Quel mercoledì le lezioni terminarono al solito orario, anziché con leggero anticipo come speravamo, dato che era l'ultimo giorno prima di un fine settimana lungo. Una volta fatti i bagagli mi precipitai fuori dalla stanza e per le scale, ansioso di rivedere la mamma e il papà.

Venni trafitto dall'aria gelida di novembre, e stringermi nelle spalle contraendo il più possibile tutti i muscoli non servì a molto. L'inverno sarebbe iniziato ufficialmente solo il mese successivo, ma le temperature erano scese sotto i cinque gradi già dalla fine di ottobre. C'erano state alcune giornate in cui la pioggia era scesa mista a nevischio, e le poche volte in cui aveva effettivamente nevicato, i fiocchi non erano mai riusciti ad attecchire.

Mi incantai a guardare le nuvolette di vapore prodotte dal mio respiro, mentre restavo in attesa dell'arrivo della mia famiglia. C'era un gran viavai di genitori alla spasmodica ricerca dei figli.

Nel campus c'era sempre un gran movimento di persone, in special modo durante le ore dei pasti; i venerdì erano sempre particolarmente frenetici. Ma quel venerdì era tutta un'altra storia: andavano tutti talmente di fretta da sembrare quasi disperati, anche se probabilmente era solo la smania di tornare a casa e godersi il ponte per il giorno del Ringraziamento.

Poggiata a terra la valigia mi infilai i guanti, dato che nell'attesa iniziavo a non sentire più le dita. Samantha se n'era andata all'ora di pranzo, dopo aver presentato me e Kyle a suo padre. Come scoprii solo quel giorno, i suoi genitori erano divorziati e si erano accordati per trascorrere con lei una vacanza ciascuno; dunque, per quell'anno, avrebbe trascorso il Ringraziamento con il padre e Natale con la madre.

Mentre continuavo a scandagliare il parcheggio nella speranza di veder sbucare la macchina di papà, ci rimuginai su parecchio. Oltre alla sordità, Samantha aveva dovuto affrontare anche la separazione dei suoi. Anche i genitori di Patrick avevano divorziato, e lui detestava il dover passare un fine settimana con un genitore e quello successivo con l'altro; lo confondeva, e rendeva quasi impossibile organizzare per tempo delle attività insieme. Tuttavia, come Samantha, anche Patrick non si era mai aperto più di tanto sulla questione.

Non riuscivo a immaginare neanche lontanamente come sarebbe stato se la mamma e il papà avessero deciso di lasciarsi. Solo il pensiero mi terrorizzava. E se mi avessero chiesto di scegliere con chi andare a vivere? Non sarei mai stato in grado di decidere una cosa del genere.

Sotto il grande acero che si stagliava tra il mio dormitorio e il parcheggio, vidi Ralph trafficare con il suo solito borsone militare. Dopo averlo accompagnato non molto delicatamente a terra, giunse le mani e ci soffiò sopra per poi strofinarsele, nel tentativo di scaldarle un po'. Indossava un giacchino un po' troppo leggero per combattere la tagliente tramontana che soffiava quel pomeriggio.

Non so cosa mi mosse, ma mi incamminai verso di lui. «Felice di tornare a casa per il Ringraziamento?» Segnai. Non ci rivolgevamo la parola dal mio primo giorno nella sua classe di letteratura, quando mi chiese perché non gliel'avessi fatta pagare per avermi rinchiuso nello sgabuzzino. Da quella volta non mi aveva più assillato.

«Sparisci,» ribatté.

Almeno ci avevo provato, pensai, pronto a girare i tacchi e tornare da dov'ero venuto. Invece tentai di nuovo: «Ma qual è il tuo problema?»

«Non ti arrendi proprio, eh? Non l'hai capito?»

«No».

«Pensavo di essere stato sufficientemente chiaro. Sei tu il mio problema».

Pur dicendomi questo, compresi subito che l'attenzione di Ralph era altrove, e quando mi girai nella direzione in cui stava guardando, vidi quello che ormai supponevo essere suo padre. Stavolta indossava un lungo trench scuro e dei guanti di pelle; all'orecchio, l'immancabile telefonino, che per un attimo immaginai si fosse fatto cucire al lobo in modo da averlo sempre con sé.

Mentre mi allontanavo, osservai mentre Ralph gli chiedeva di portargli il borsone, dato che aveva le mani congelate. Senza mai interrompere la sua importantissima telefonata, il padre rimase impalato dov'era, con l'altra mano fissa sul fianco. Se ne servì subito dopo per indicare prima il borsone, poi suo figlio: non era lingua dei segni, ma solo dei gesti scattosi e spazientiti che però valevano più di mille parole. Ralph raccolse infine il borsone e se lo caricò in spalla. Quando il suo sguardo incrociò fugacemente il mio, non vidi più il mostro, il bullo di sempre. La rabbia nei suoi occhi era come svanita di colpo, sostituita da una disperazione carica di qualcosa che in quella frazione di secondo non seppi cogliere. Era forse vergogna la sua? Oppure muta rassegnazione?

CAPITOLO TRENTASEI

A SVEGLIARMI IL MATTINO SEGUENTE FU IL PROFUMO
del tacchino arrosto. Non avevo puntato la sveglia di propo-
sito, perché erano mesi che aspettavo quella mattina per
poter dormire qualche ora in più. Alzarmi presto tutti i
giorni per andare a scuola dopo un po' diventava pesante.
Inoltre, tutti sapevano che alla nostra età eravamo già dei
teenager in erba, e nei giorni di vacanza era quasi obbliga-
torio dormire fino all'ora di pranzo, altrimenti non saremmo
mai stati pronti per l'adolescenza vera e propria.

Dopo una lunghissima doccia calda, mi vestii e scesi al
piano di sotto. Non ero preparato a vedere tutti i miei nonni
già seduti a tavola. Nonno Phil e nonna Patty sedevano uno
di fronte all'altro, e al lato opposto c'erano nonno Ray e
nonna Joanne. I primi erano i genitori di papà e da due anni,
ovvero da quando il nonno era andato in pensione, vivevano
a Tucson, in Arizona. Avevo sentito i miei discutere di
andarli a trovare per questo Natale, oppure il prossimo.
Chissà come sarebbe stato un Natale senza freddo e neve:
non riuscivo proprio a immaginarmelo, ma l'idea di un
viaggio da un capo all'altro della nazione mi entusiasmava

parecchio. Il Grand Canyon forse non era nient'altro che un gigantesco buco nel suolo, ma la voglia di vederlo con i miei occhi era irrefrenabile.

Ray e Joanne, i miei nonni materni, vivevano nel Vermont. Nonna Joanne aveva affittato un piccolo spazio nella lobby di un resort, in cui vendeva per lo più cianfrusaglie; nonno Ray insegnava educazione stradale ai ragazzi delle scuole superiori.

Nessuno mi aveva detto che sarebbero tornati tutti per il Ringraziamento. Spalancai gli occhi e, sbracciando qua e là, li salutai elettrizzato.

«Guarda chi c'è,» segnò Brenda.

Il mio sorriso appassì all'istante: i nonni non venivano mai prima di Natale, quindi c'era un solo motivo per quel cambio di programma. Erano venuti solo per me. Per quanto fossi contento di rivederli dopo tanto tempo, il fatto che avessero fatto tutti quei chilometri solo perché ero stato male mi metteva a disagio.

La prima ad avvicinarsi fu nonna Patty, che mi avvinghiò in una vera e propria morsa, dandomi baci ovunque. Gli altri tre fecero altrettanto subito dopo. Era impossibile scappare, ma d'altro canto non avrei voluto essere in nessun altro posto al mondo. Mi erano mancati tutti da morire.

Dopo esserci accomodati tutti in salotto, papà accese il televisore su una partita di NFL già iniziata, e io la seguii con estrema concentrazione. Ad affrontarsi erano Dallas Cowboys e Miami Dolphins, e a due minuti dalla fine del primo tempo i Dolphins conducevano per 21 a 7. A un tratto, nonno Ray mi toccò la spalla e iniziò a parlarmi. Lo guardai educatamente muovere le labbra per poi lanciare un'occhiata a papà affinché traducesse in segni. «A scuola come va?»

– Tutto ok, nonno.

Quella fu solo la prima di una vera e propria tempesta di domande da parte di tutti i nonni. Com'erano le lezioni? E gli altri ragazzi? Con chi avevo fatto amicizia? Com'era la stanza del dormitorio?

Per il crescente imbarazzo, sentii scaldarsi prima le guance e in un secondo momento anche le orecchie. I miei occhi saltavano da un nonno all'altro, e infine verso mio padre in attesa della sua traduzione; poi, dopo un cenno di assenso, passavo a rispondere. Nonostante comprendessi la sincerità delle loro intenzioni, mi sentivo come se stessi affrontando un'intervista a cui non ero stato minimamente preparato.

Di solito trascorrevo i fine settimana a casa con la mamma, papà e Brenda, che ormai avevano tutti imparato a segnare; ero perfettamente a mio agio con loro. Mai mi sarei aspettato di sentirmi così solo in una stanza piena di persone ancora in grado di sentire.

La cena era a dir poco spettacolare. Mentre trangugiavo soddisfatto una coscia di tacchino, mi riempii il piatto di ripieno, mirtilli rossi, purè e patate dolci. Se c'era qualcosa che adoravo di più, però, era il fatto che tutti gli altri erano altrettanto impegnati a mangiare, quindi non si parlò molto, a parte qualche altra, sporadica domanda dei nonni per me. Probabilmente la maggior parte le avevano già fatte durante l'interrogatorio di qualche ora prima, e la cosa non mi dispiaceva affatto; anzi, speravo che l'attenzione dei miei parenti si fosse spostata altrove.

La tregua però fu solo momentanea, dato che a un certo punto mi accorsi che papà e nonno Ray stavano discutendo animatamente di qualcosa che, compresi all'istante, riguardava me. Nel parlare, il nonno mi guardava e indicava di continuo; papà cercava di coprirsi la bocca alla bell'e meglio, come temendo che ora fossi in grado di leggere il labiale.

«Che sta succedendo?» Domandai a Brenda.

«Il nonno vuole farti delle domande sul baseball,» spiegò lei.

Mi incantai a osservare il loro muto litigio per qualche istante, immaginando che mio padre stesse cercando di convincere nonno Ray a lasciar perdere quell'argomento. Tutti gli altri presenti, pur potendo sentire ogni singola parola, facevano finta di niente solo perché sicuri che io invece non potessi farlo. Sentendomi insultato dal loro atteggiamento mi alzai di scatto e chiesi, facendo in modo di alzare la voce: – Di cosa state parlando tutti quanti?

«Di baseball,» rispose papà.

– Quindi?

«Il nonno voleva sapere se intendi giocare nella prossima stagione».

Non riuscendo a guardare il nonno negli occhi, li puntai al pavimento mentre esternai mediante i segni la mia ultima frase prima di lasciare il salotto. «Sono sordo, nonno. I sordi non giocano a baseball». Che ci pensasse qualcun altro a tradurre. Volevo che anche loro provassero la sensazione di non capire cos'era stato appena detto. Ero sicuro che avrebbero continuato a parlare di me, ma perlomeno non avrei dovuto continuare ad assistere.

Proprio quando ero sul punto di chiudere la porta della mia stanza, mi vidi Brenda alle calcagna. «Che vuoi?»

«Non posso stare qui con te?»

«Vorrei stare da solo».

Con un'espressione imbronciata, Brenda fece per andarsene, ma all'ultimo momento allungai la mano e la fermai, invitandola poi a entrare.

«Parlano ancora di me?» Le chiesi.

«Boh. Me ne sono andata subito dopo di te».

Rimanemmo seduti sul letto senza dire nulla per quelli che mi sembrarono diversi minuti. Fu mia sorella a ricominciare a segnare.

«Mamma e papà sono tristissimi».

«Per colpa mia?»

«Vorrebbero che tornassi qui a casa. Tu non vuoi tornare a casa?»

Annuii. Quand'ero a scuola, non pensavo ad altro.

«Allora torna,» rispose subito lei, come se così facendo tutto si sarebbe risolto all'istante.

«E venire a scuola qui? Non ci penso neanche. Mi piace la mia nuova scuola».

«E a mamma e papà non ci pensi?»

«Stanno davvero così male?»

«Tu li vedi solo nei fine settimana, ma appena ti riaccompagnano è un dramma. Durante la settimana andiamo a un gruppo di supporto per chi ha un sordo in famiglia».

«Ah sì?» Non ne sapevo nulla. «E com'è?»

«A me piace, e per loro penso che sia di grande aiuto. Si sentono meno soli sapendo che ci sono altri genitori con un figlio sordo».

Non ero mai stato in un gruppo di supporto. Provai a immaginare tutte queste famiglie sedute in cerchio a parlare dei propri figli, mettendo a confronto il "prima" e il "dopo". Chissà cos'avevano detto di me.

«Te l'hanno chiesto loro di dirmi di tornare qui?»

«Oh, no,» segnò Brenda. «Se sapessero che ti sto dicendo tutte queste cose mi ucciderebbero».

«Vuoi che torni a casa?»

Una lacrima le percorse lentamente il volto, e ne fermò la corsa strofinandosi la guancia. «Mi manchi».

«A volte mi sembra di non appartenere più a nessun luogo».

Quella rivelazione sconvolse profondamente mia sorella, che rimase a lungo a bocca aperta. Dopo diversi istanti la sua espressione si addolcì e i suoi occhi si strinsero pensierosi, le labbra contratte. «È così terribile?»

«È dura». Casa mia mi mancava più di quanto volessi ammettere, ma ora che ero lì mi mancava la scuola. Non credevo l'avrei mai detto, ma lì a Rochester mi trovavo bene. Mi mancavano i miei nuovi amici.

«Sei triste?» Mi chiese Brenda. Sì, a volte mi capitava ancora di sentirmi triste, ma negli ultimi tempi accadeva sempre più di rado.

«Sto bene». Era vero.

CAPITOLO TRENTASETTE

MI SVEGLIAI DI SOPRASSALTO, RABBRIVIDENDO. MI CI vollero diversi istanti per realizzare che mi trovavo a casa, in camera mia, nel mio letto. Là dove un tempo mi sentivo al sicuro da qualsiasi cosa, ora provavo una sensazione di strana inquietudine. Ancora sdraiato, presi a fissare il soffitto. La luce della luna illuminava debolmente la stanza, e tra i suoi raggi bluastri notai il movimento di quello che mi sembrò uno sciame di insetti. Guardando meglio, mi resi conto che erano fiocchi di neve. Stava nevicando.

Mi precipitai fuori dal letto e verso la finestra, dalle cui vetrate vidi lo strato ancora sottile di neve fresca che ricopriva il nostro giardino e la strada di fronte. Alcuni fili d'erba resistevano timidamente alla sua presenza ma, nel giro di qualche ora, anche loro avrebbero dovuto piegarsi sotto il peso della crescente coltre di neve.

Inginocchiato davanti alla finestra, mi limitai a bearmi di quella vista. La neve non faceva rumore. Prima di diventare sordo, era uno dei pochi momenti in cui il silenzio rendeva l'esperienza ancora più speciale. Mi rialzai in piedi e premetti la fronte contro il vetro.

Non c'erano suoni particolari da captare quando nevi-
cava, ma anziché farmi sentire meglio, quel pensiero
aumentò ulteriormente la mia frustrazione.

Voltai le spalle alla finestra e mi lanciai di nuovo sul
letto, coprendomi interamente con le lenzuola e chiudendo
gli occhi con una forte strizzata. Pochi istanti dopo li riaprii
e abbassai il piumone, tornando a guardare quegli enormi
fiocchi volteggiare fuori dalla finestra. Mi ricordavano i
goccioloni di pioggia che di solito cadono durante un tempo-
rale. In passato mi piaceva sedere sul divano del salotto e
assistere ai temporali insieme alla mamma; il nostro passa-
tempo preferito era contare i secondi che passavano tra un
fulmine e un tuono, senza staccare mai gli occhi dalla finestra, su cui battevano forte le gocce di pioggia.

A volte i tuoni erano talmente forti da farmi sobbalzare.
In realtà non ero spaventato, anche perché c'era la mamma
insieme a me. Certe volte anche a lei capitava di saltare, e
poi ci bastava guardarci negli occhi per scoppiare a ridere.

Lasciai una seconda volta il letto per tornare alla finestra. Mancavano diversi mesi alla primavera, quindi per
adesso non mi andava di pensare ai temporali. La neve era
silenziosa, infondeva pace.

Tornai in ginocchio accanto al vetro. Non c'era niente
da ascoltare: la neve era silenziosa quando stavo bene, e
continuava ad esserlo anche ora che ero sordo. Sorridendo,
appoggiai i gomiti sul davanzale e poggiai il mento sulle
mani.

CAPITOLO TRENTOTTO

GENNAIO

Kyle mi svegliò verso le tre. Piangeva a dirotto con la testa tra le mani, paonazzo in volto. «Le mie orecchie,» segnò. Mi alzai all'istante e feci l'unica cosa che sapevo di dover fare, ovvero sentirgli la fronte: era quello che faceva sempre la mamma quando non mi sentivo bene. Era bollente. Lo feci sedere sul letto, ma da quel punto in poi non sapevo più come comportarmi; oltretutto era notte fonda, e non sapevo se ci fosse ancora qualcuno in infermeria.

«Aspettami qui,» segnai, per poi correre verso la stanza di Norton. Accendere la luce non bastò a svegliarlo, quindi decisi di scuoterlo leggermente. Bastarono pochi secondi perché Norton schizzasse letteralmente in piedi, urlando e dimenandosi come se fossi il mostro di qualche film horror. Gli ci volle un po' prima di orientarsi e ricomporsi.

«Che succede?»

«Kyle ha la febbre alta. Dice che gli fanno male le orecchie».

Una volta arrivati nella stanza, trovammo Kyle rannicchiato in posizione fetale tra le mie coperte. Norton gli

202

poggiò il palmo della mano sulla fronte e, guardandomi, confermò: «Scotta, dobbiamo portarlo in infermeria. Resta qui con lui, io vado a cambiarmi».

Infilai alla svelta un paio di calzini, e il cappotto; Norton rientrò mentre mi stavo allacciando i doposcì. Probabilmente ci eravamo vestiti come degli scappati di casa, ma in quel momento era l'ultimo dei problemi. Norton avvolse Kyle nella mia coperta e, dopo averlo preso in braccio, corse fuori dalla stanza. Io lo precedetti, in modo da aprirgli la porta dell'ingresso principale. Il pungente freddo invernale, aggravato dall'ennesima forte nevicata, ci investì in pieno. Ormai la coltre di neve era alta diversi centimetri. Senza pensarci troppo su ci infilai prima un piede e poi l'altro, ma avevo allacciato gli stivaletti talmente male che la neve penetrò all'interno fin troppo facilmente, sciogliendosi quasi istantaneamente e inzuppandomi i calzini. Il freddo umido sembrava pugnalarmi le caviglie.

Il vento soffiava senza sosta, come se volesse impedirci di arrivare a destinazione. Se avessi potuto sentirlo, probabilmente mi sarebbe parso un lupo mannaro che ululava indemoniato in direzione della luna.

Continuammo ad avanzare, e vidi Norton iniziare a fare fatica con Kyle in braccio. Ma non si perse d'animo, e continuò a farsi strada tra i banchi di neve e le lastre di ghiaccio, prestando particolare attenzione a dove metteva i piedi. Io gli facevo strada, tenendogli di nuovo la porta aperta.

L'infermeria era al secondo piano. Passata la reception, contro una delle pareti erano allineati diversi letti, ognuno dei quali era separato da delle tendine in caso ci fosse bisogno di mantenere la privacy dei pazienti. La donna al bancone ci confermò usando i segni che era la responsabile del turno di notte. «Cos'ha che non va questo giovanotto?»

Chiese, mentre guidava Norton verso il primo letto della fila, vuoto come tutti gli altri, così che potesse adagiarlo sul materasso.

«Le orecchie,» segnai.

Mentre l'infermiera gli misurava la febbre, Kyle non smetteva di chiedere della sua mamma. «Potrebbe essere un'infezione,» ipotizzò alla fine l'infermiera. Dopo aver chiesto il cognome a Kyle, tornò alla sua postazione e cercò la sua scheda anagrafica dal computer. «Entrambi i genitori sono sordi». Per chiamarli, utilizzò dunque il dispositivo per sordi in dotazione all'infermeria.

Spostai la mia attenzione su Kyle. «Come ti senti?»

Agitando la testa, ripeté: «Voglio la mamma». Norton sedeva accanto a lui e dava l'impressione di potersi riaddormentare da un momento all'altro.

Qualche istante dopo l'infermiera tornò accanto al letto. «I tuoi genitori vivono ad Albany; non esattamente dietro l'angolo. Fuori c'è un tempo da cani. Ho detto loro che probabilmente hai un'infezione alle orecchie. Il dottore sarà qui tra un paio d'ore. Ok?»

Kyle sembrava terrorizzato. «Rimani qui finché non arriva,» proseguì lei. «Ci sarò io a tenerti compagnia mentre dormi». Lui, ormai fuori di sé, chiuse gli occhi e pianse.

«Posso restare qui con lui?» Chiesi. Mi erano riaffiorate alla mente tutte le volte in cui ero stato male, e la mamma mi era rimasta accanto passandomi un panno fresco sulla fronte o semplicemente tenendomi la mano. Riuscivo a percepire la sua presenza anche mentre dormivo, sfiancato dalla febbre.

«Non c'è bisogno».

«Ma voglio farlo». Non stavo nemmeno pensando alla mia ultima brutta febbre, quella che mi aveva privato dell'udito: ma ricordavo perfettamente il momento in cui mi risvegliai in ospedale, e il primo viso che vidi fu il suo.

Norton sbadigliò. «Resterei anche io, ma non posso lasciare il mio piano incustodito».

Sfiorai leggermente il braccio a Kyle. «Resterò io insieme a te. Dormirò qui a fianco».

«Rimani qui?»

«Certo».

«Con le luci accese?»

«Nessun problema,» segnò l'infermiera. Con un cenno del capo, sorrisi a Kyle sperando di rassicurarlo, e lui ricambiò debolmente. Dopo che Norton se ne fu andato, ci sistemammo nei rispettivi letti. L'infermiera, assicuratasi che non ci servisse altro, tirò una delle tende per nasconderci al resto della sala. Kyle agitò un braccio per catturare la mia attenzione e, quando finalmente guardai nella sua direzione, mi disse con i segni: «Grazie».

«Siamo amici, no?»

«Fratelli». Nel giro di pochi secondi si addormentò. Provai a chiudere gli occhi anche io, ma il sonno ormai mi aveva abbandonato. Vedere Kyle in quello stato aveva avuto un certo effetto su di me. Pensai: ehi, Dio, non ho mai fatto una cosa del genere. Non so se lo sto facendo nel modo giusto, ma volevo disturbarti giusto un attimo, se non hai troppo da fare. Potresti farmi un favore? Mi è permesso chiederne? Puoi prenderti cura di Kyle? Aiutarlo con le orecchie e tutto il resto, e non farlo sentire così solo e spaventato?

Deglutii rumorosamente, e schiusi gli occhi per controllare se l'infermiera mi stesse osservando. Certo, non poteva sapere che stessi pregando, ma mi sentii comunque in imbarazzo. Non c'era nessuno in giro, quindi richiusi gli occhi e continuai.

Sì, Dio, posso chiederti un'altra cortesia? Potresti tenere d'occhio anche me ogni tanto? Credo di essere piuttosto spaventato anche io, e non voglio esserlo. Vorrei essere più come Samantha. Cioè, non voglio diventare una ragazza, solo... coraggioso come lei. Ah, e... Dio? Un'ultima cosa. Puoi vegliare anche su Samantha? Ok, grazie. Buonanotte.

CAPITOLO TRENTANOVE

Il lunedì seguente Norton mi portò un pacchetto che era stato recapitato al dormitorio. «È per te,» disse. Tutti gli studenti della Scuola per Sordi di Rochester adoravano ricevere la posta, e io di certo non facevo eccezione. La settimana prendeva sempre una piega positiva quando giungeva una scatola piena di biscotti fatti in casa, una busta con qualche banconota o anche solo un biglietto che ti ricordava quanto mancassi ai tuoi cari e quanto fossi amato.

Vidi che il pacchetto stavolta arrivava dai nonni di Albany. Strappai la carta da pacchi marrone e al suo interno trovai una lettera, due libri e un paio di pacchetti di figurine di baseball. Mi tornò subito in mente la mia collezione, e quanto un tempo ci fossi affezionato. Con gesti meccanici, aprii il cassetto dei calzini, ci buttai dentro i pacchetti e lo richiusi immediatamente. Tornai a sedere sul letto e aprii la lettera.

Caro Mark,

Spero stia andando tutto bene a scuola. Io e la nonna ti pensiamo spesso. Non vediamo l'ora che tu e Brenda torniate qui ad Albany per qualche giorno; sono riuscito a convincere i tuoi a lasciarvi con noi per qualche giorno durante le vacanze di primavera.

Volevo scusarmi per come mi sono comportato il giorno del Ringraziamento. Quando siamo tornati a casa con la nonna, mi sono sentito molto giù di morale e impotente, come se non potessi dire o fare nulla per sistemare le cose.

So che diventare un giocatore professionista è sempre stato il tuo sogno, e ti ho visto giocare abbastanza da poter dire che il tuo è vero talento. Non so se ti faccia piacere leggere queste cose; adesso comprendo che non ti piace molto ripensare al baseball. Ecco perché ci ho messo così tanto a scriverti: non volevo rischiare di provocarti ancora un dispiacere.

Fino a qualche settimana fa non avevo idea di come comportarmi per scacciare questo tuo immenso dolore, questo senso di perdita. È davvero brutto per un nonno sentirsi così.

Ho deciso di fare un salto in biblioteca e fare alcune ricerche su persone famose con problemi di udito, e ce ne sono davvero tante: piloti, attori, scrittori, inventori, artisti come Louis Ferisino. Sai che è stata una donna sorda a fondare le Girl Scouts? I. King Jordan addirittura è un rettore universitario.

Ho anche scoperto tantissimi atleti sordi, come James Burke, un famoso pugile attivo nel diciannovesimo secolo. Poi c'era anche un signore chiamato Dummy Hoy, che è stato uno dei più grandi giocatori di baseball a cavallo tra Ottocento e Novecento. Indovina? Era sordo anche lui. Ovviamente, non si chiamava Dummy Hoy; il suo vero nome era William Ellsworth Hoy. Mai sentito? Beh, non mi sorprende, anche perché nonostante tutti i record stabiliti nel corso della carriera, non è mai entrato nella Hall of Fame. Sai che ha rubato più di seicento basi? E che è grazie a lui se gli strike vengono segnalati con quel particolare gesto? Esatto, proviene proprio dalla lingua dei segni.

Il libro che ti ho mandato contiene diverse informazioni su di lui; c'è anche un sito web dedicato alla sua storia. A quanto parte, la comunità sorda ha cercato di farlo inserire nella Hall of Fame per svariati anni. Alla fine, il 2 agosto del 2003, venne iniziato nell'Albo d'Onore dei Cincinnati Reds.

L'altro giocatore di cui volevo parlarti è Curtis Pride. Nato sordo, fu determinato nel voler diventare un giocatore professionista sin da quando giocava a T-ball, non curandosi della sua condizione. Nel 1989 firmò con i Mets, per poi andare a giocare a Detroit, Boston, Atlanta, perfino per gli Yankees. Quello che sto cercando di dirti, Mark, è che puoi farcela anche tu. Puoi ottenere tutto ciò che vuoi, sordo o meno. Non dimenticarlo mai!

Il secondo libro che ti ho mandato è forse anche più importante del primo. È una Bibbia, l'ho comprata apposta per te. Da giovane, non ho mai dedicato molto tempo a Dio, ma ultimamente costruire un rapporto con Gesù mi ha dato un enorme senso di pace. Ha avuto un effetto enorme sulla mia vita, così come su quella della nonna. So che i tuoi genitori non sono molto interessati a certe cose, ma secondo me è qualcosa di cui avremmo bisogno tutti.

Non so come la vedi tu a riguardo, se ci credi o se addirittura incolpi Lui per ciò che ti è successo. Prego ogni giorno affinché tu non lo faccia.

La Bibbia è un po' come un manuale, ma allo stesso tempo somiglia molto a una lettera d'amore. Da' una

possibilità a Dio, non ti chiedo altro. Se gli chiedi aiuto te
ne darà, e ti sosterrà sempre, nel bene e nel male. Non è
un testo semplice da capire, ma ho messo un segnalibro
nel punto da cui ti consiglio di iniziare a leggere. Non
serve necessariamente leggerlo dall'inizio, come i libri
normali; in realtà la Bibbia è composta da quasi settanta
volumi. Vorrei che iniziassi a leggere dal Vangelo di
Giovanni. Se hai qualche dubbio, sarò felice di aiutarti.

Comunque, spero ti piacciano entrambi i libri. Spero
tu non ce l'abbia ancora con me per quello che è successo
al Ringraziamento. Forse sono io che sono vecchio, ma
non riesco davvero a capire perché tu voglia rinunciare al
baseball solo perché ora sei sordo, Mark. Non devi farlo.
Parlane con Dio: potrà sembrarti assurdo, ma ti assicuro
che saprà darti un segno, in un modo o nell'altro.

Con affetto,
Nonno Ray e Nonna Joanne

Ripiegai con cura la lettera e la misi da parte, prendendo in mano il libro sul baseball. Mi dispiacque sapere
quanto il nonno si fosse sentito in colpa per quello che era
successo il giorno del Ringraziamento; dovevo averlo intri-
stito molto andandomene in quel modo. Non avrei mai
potuto avercela con lui. Mi imposi di scrivergli una lettera di
risposta entro la fine della giornata, in modo che lo sapesse il
prima possibile. Non avevo motivo di essere arrabbiato; ogni
giorno che passava, riuscivo ad accettare la realtà.

Sapevo quanto nonno Ray adorasse il baseball, tanto da
tramandare la sua passione a papà, che a sua volta la condi-
vise con me. Alcuni dei miei ricordi più belli erano legati
alle partite viste tutti insieme: non ci importava di quale
squadra vincesse, volevamo solo vedere una bella sfida,

giocate degne di nota, qualche palla lanciata fuori dal campo, cose così.

Il libro che parlava di Hoy non superava le duecento pagine, e conteneva diverse illustrazioni delle sue gesta. Lo aprii e lessi velocemente la sinossi sull'aletta interiore della sovraccoperta. Hoy aveva iniziato a giocare nel 1886; quando andava in battuta, chiedeva al coach di terza base di segnalargli ball e strike, dato che non poteva sentire le chiamate dell'arbitro. Il primo maggio del 1901, Hoy fece il primo grande slam nell'American League, che era stata fondata poco prima. Morì poi nel 1961, a 99 anni.

Il libro mi incuriosì parecchio, ma per il momento lo misi in un cassetto, usando la lettera del nonno come segnalibro. Hoy era vissuto più di cent'anni fa; il baseball, nel frattempo, era cambiato da cima a fondo, in intensità e nelle capacità fisiche dei suoi giocatori. Ad ogni modo, mi sarei sicuramente informato sia su Hoy che su Curtis Pride. Immaginavo che un giocatore sordo riuscisse a malapena a ottenere un provino per una delle squadre principali, ma evidentemente mi sbagliavo. E il nonno aveva addirittura parlato di piloti sordi: che forza! Non avevo nemmeno considerato che potessero esistere artisti o attori sordi.

Ma persone come Hoy e Pride saranno state senz'altro diverse da me, migliori. Da normodotato ero un giocatore abbastanza bravo, ma da sordo con un fastidioso ronzio nelle orecchie, come avrei mai potuto spuntarla sulla concorrenza?

No, l'unica cosa giusta da fare del mio sogno era accartocciarlo e cestinarlo, per poi inventarmi un qualche piano di riserva. Annuii tra me e me. Non sembrava poi così tremendo accantonare un sogno.

Forse ne avevo tanti altri ad attendermi; dovevo solo trovarli. Magari Samantha mi avrebbe insegnato a dipingere, appassionata com'era all'arte in generale... nah, non avrebbe mai potuto funzionare. A malapena riuscivo a tracciare una linea dritta con il righello. Però magari avrei potuto specializzarmi nell'arte astratta, così non avrei dovuto usare le linee dritte.

Presi in mano la Bibbia. Non era gigantesca come quella che avevo visto in mano a Samantha il giorno che ci incontrammo la prima volta. Era più piccola, tanto che forse avrei potuto mettermela in tasca. La aprii usando il segnalibro che aveva lasciato il nonno: «Il Vangelo secondo Giovanni». Era così strano sentir parlare di Dio prima da una mia amica, e poi da mio nonno. Forse entrambi credevano che tutti quei discorsi su Dio mi avrebbero reso le cose più semplici, ma in realtà era l'esatto contrario: mi sentivo ancora più confuso. Ero abbastanza sicuro di non averlo mai incolpato di nulla, ma al contempo non comprendevo né Lui, né i modi in cui agiva; soprattutto non se riteneva giusto l'aver permesso che diventassi sordo.

Iniziai a leggere qualche pagina solo per il gusto di farlo: non era complicato come temevo, ma dopo qualche minuto chiusi prima il volume, poi gli occhi.

Ciao, sono di nuovo io. Senti... sai quanto mi piaccia il baseball, no? Ecco, lo adoro. E credevo di avere ottime possibilità di giocare negli Yankees tra qualche anno. Magari non come lanciatore partente, quello no, ma almeno di entrare a far parte della rosa. Solo che adesso sono ridotto così; quindi, se non sono destinato a diventare un giocatore di baseball, devo proprio chiedertelo: cosa devo fare della mia vita?

CAPITOLO QUARANTA

MARZO

NELLA CASSETTA DELLA POSTA TROVAI IL GIORNALINO della scuola di Rochester e qualche altra busta, che infilai sommariamente nello zaino. Ero talmente sommerso dai compiti che nemmeno la posta riusciva a tirarmi su di morale. Ciascun insegnante evidentemente era convinto che non studiassi altro all'infuori della loro materia, altrimenti non riuscivo davvero a spiegarmi come potessero assegnare tutta quella roba per il giorno seguente.

Sapevo che anticipandomi gran parte del lavoro entro l'ora di cena mi avrebbe permesso di fare meno nel corso della serata. Avevo appuntamento a cena con Brian e Samantha, e non vedevo l'ora di trascorrere del tempo con loro: tutti e tre preferivamo di gran lunga studiare in gruppo anziché da soli.

L'inverno, come una bestia feroce, sembrava non avere alcuna intenzione di mollare la presa. Se il calendario non avesse espressamente riportato il 21 marzo come "equinozio di primavera", avrei potuto tranquillamente dire che in realtà eravamo ancora al 21 di gennaio. I banchi di neve ai lati dei marciapiedi che collegavano un palazzo all'altro erano alti almeno cinquanta centimetri, ma il cielo era tinto dell'azzurro tipico di una qualsiasi giornata primaverile. L'aria rimaneva fredda, quasi tagliente, però fortunatamente non tirava vento. Il mio respiro si condensava ripetutamente in tante piccole nuvolette.

Quasi dal nulla, vidi sbucare una palla di neve, che mi mancò di diversi metri per poi schiantarsi contro un banco di neve. Mi girai di scatto, aspettandomi di trovare Samantha, Brian o Kyle.

Ralph sorrise sornione, si piegò in avanti e si riempì le mani di neve, compattandola per formare un'altra palla, il tutto senza distogliere mai lo sguardo da me. Seguii con lo sguardo il secondo tiro, finché mi passò a debita distanza sulla sinistra. Con estrema lentezza mi feci scivolare lo zaino dalle spalle, lasciandolo cadere sul marciapiede. Fissando Ralph, che intanto si affrettava a formare una terza palla di neve, iniziai a crearne una anch'io, schiacciando la neve per ottenere una sfera dura e solida. Ralph, intanto, mancava il bersaglio per la quarta volta.

Cercando di ignorare la sensazione quasi dolorosa della neve fresca sulle mie mani nude, presi la mira e lanciai con tutta la forza possibile. La palla di neve prese Ralph in pieno petto, e l'onda d'urto lo sbalzò all'indietro, facendolo sprofondare in un cumulo di neve. Senza battere ciglio, si rialzò all'istante e si dedicò a formare ancora un'altra palla. Non voleva proprio imparare la lezione.

Notai una sfumatura differente nel suo sorriso, mentre racimolava la neve necessaria a formare una sfera delle dimensioni di una palla da baseball. Lo lasciai tirare per primo, ma il bolide si arenò due o tre metri prima del traguardo. Giunto il mio turno, caricai il lancio e tirai, immaginando di essere sul monte del lanciatore a sferrare uno dei miei bolidi. La palla di neve prese di nuovo il petto di Ralph, infrangendosi sul suo cappotto come un proiettile di vernice e facendolo vacillare per la seconda volta. Nel tentativo di restare in piedi, Ralph roteò le braccia sembrando uno strambo mulino a vento; perlomeno riuscì a non cadere.

Tirare quella palla di neve mi fece sentire bene. Ero rimasto in perfetto equilibrio.

Nel vedere che Ralph non aveva la minima intenzione di arrendersi, scossi lentamente la testa, come a voler mostrare un finto disappunto. In realtà ero contento che non volesse smettere: mi stavo divertendo da matti, e mi gustavo ogni possibilità di mandarlo gambe all'aria con i miei lanci. Da quel che potevo vedere, anche Ralph sembrava spassarsela. Era velocissimo sia a formare le palle di neve che a lanciarle. Stavolta riuscì a colpirmi sul braccio: l'aveva preparata per bene, perché nonostante fossimo ad almeno dieci metri di distanza, sentii un accenno di fitta alla spalla. Non riuscii a trattenermi dal ridere e, usando un cumulo di neve come fosse una trincea, preparai un'altra palla e la lanciai al volo verso Ralph, che però stavolta riuscì a salvarsi buttandosi anch'egli in un mucchio di neve.

Scoppiai in un'altra risata. Ralph si alzò lentamente, spolverandosi il viso e i vestiti dalla neve, e mi accorsi che rideva anche lui. «Hai un buon braccio, Tanner,» segnò.

Rimasi sciocco da quel commento, ma mi scrollai quella sensazione di dosso con un sorriso e un'alzata di spalle. «Tu per niente invece,» lo punzonai scherzosamente.

Ralph mi fissò per qualche secondo, poi scoppiò a ridere. «Immagino che ti presenterai come lanciatore,» disse avvicinandosi a me. «Io pensavo di provare per la prima base».

«Di che stai parlando?» Chiesi mentre raccoglievo lo zaino da terra.

«La squadra della scuola. Abbiamo sempre avuto quelle di calcio e basket, ma è la prima volta che viene formata una squadra di baseball. Vedendo che porti sempre quel berretto, immaginavo giocassi,» segnò, passandosi poi brevemente una mano a massaggiarsi il petto. «Ma ora che ho visto come lanci, sono *certo* che giochi».

«Non so davvero di cosa tu stia parlando». Sentii la tensione annodarmi lo stomaco.

«È sul giornalino di quest'anno,» rispose Ralph ignorando il mio bluff. «I provini sono lunedì prossimo, subito dopo il termine delle lezioni».

«Con tutta questa neve?» Non so perché ne fui tanto sorpreso. In genere, la stagione iniziava intorno a quel periodo. Anche l'anno prima, quando potevo ancora sentire, ci allenavamo su diamanti ancora spolverati di neve. Cercare una palla in mezzo alla neve era sempre fonte di divertimento per tutti, e ci permetteva di prendere più basi a ogni punto.

«Ormai è primavera, no? Allora, che fai? Ci provi?»

«Non vedo perché dovrei. Non gioco a baseball».

«Non ci hai mai giocato?» Chiese quasi stupito Ralph.

«Una volta. Ho smesso da un pezzo». Pensai alla Bibbia che tenevo nel comodino della mia stanza, e alla preghiera che avevo detto la sera che l'avevo ricevuta in dono dal nonno.

«Perché no? Ci sai fare. Ti ci vedo a realizzare un no-hitter dietro l'altro».

Un tempo, mi ci vedevo anche io. «È una lunga storia».

Ralph mi diede un paio di pacche sulla spalla, poi mi porse la mano. «Amici?»

La strinsi. «Amici. In bocca al lupo per i provini».

«Grazie, ma pensaci su. Secondo me potremmo fare grandi cose insieme».

CAPITOLO QUARANTUNO

Samantha irruppe nella stanza mia e di Kyle. Io ero seduto sul letto, con la schiena contro la testiera e il cuscino appoggiato sulle gambe.

«Si può sapere qual è il tuo problema?» Dal modo in cui strinse le mani a pugno dopo aver finito di segnare, sembrava a dir poco furiosa.

«Non dovresti essere qui,» risposi.

«Pazienza. Dove sei stato?»

«Qui».

«Non dovevamo andare a cena e poi in biblioteca?»

Non avevo voglia né di parlare, né di avere a che fare con una Samantha arrabbiata. «Che c'è? Sei così arrabbiata perché mi sono scordato di venire a cena con voi?»

«E la biblioteca?»

«Mi ero dimenticato anche di quella,» risposi svogliatamente.

Andò a frugare nel mio cestino, tirando fuori la mia copia accartocciata del giornalino scolastico. «Ti sei dimenticato, o avevi di meglio da fare?»

«Non so davvero di cosa tu stia parlando». Mi alzai,

strappandole di mano il giornalino e buttandolo di nuovo nella spazzatura.

«Ho incontrato Ralph,» segnò lei.

«Quindi?»

«Quindi mi ha detto che adesso siete amici».

«Non ne sono tanto sicuro».

«Beh, lui dice di sì. E mi ha detto anche che non vuoi fare i provini per la squadra di baseball, anche se fai dei lanci pazzeschi».

«Parla troppo».

«E tu non parli abbastanza».

«Che significa, scusa?» Non avevo alcuna intenzione di litigare. Volevo solo essere lasciato in pace.

Qualche istante dopo tornò Kyle. «Che ci fai tu qui?» Segnò rivolgendosi a Samantha.

«Solo un minuto,» rispose lei, chiedendogli implicitamente di uscire.

«È anche camera sua,» obiettai.

«Allora andiamo a parlare altrove».

Mi arresi. «Kyle, solo un minuto, ok?»

«Certo,» rispose prima di tornare in corridoio.

«Vorrei capire perché non vuoi nemmeno provarci», insistette Samantha.

«Perché non mi va».

«Non ti va, o hai paura?»

«Non ho paura. So che mi prenderebbero».

«Modesto, eh? Ad ogni modo, non avrai paura di non entrare in squadra, ma per qualche motivo ricominciare a giocare ti spaventa».

«Non è vero. Non puoi capire».

«Allora spiegami».

«Non c'è niente da spiegare. Non mi va di giocare, punto. E adesso lasciami da solo, per favore».

Quando mi fu chiaro che lei non si sarebbe mossa di lì, presi alla svelta la Bibbia, il cappotto e me ne andai io, richiudendomi la porta alle spalle.

Fuori era buio, pioveva e faceva un gran freddo. Mi alzai i baveri del cappotto e a ogni folata di vento mi strinsi leggermente nelle spalle. A contatto con lo strato compatto di neve, la pioggia era andata a creare una sottilissima lastra di ghiaccio, su cui scivolavo e inciampavo di continuo, talvolta incrinandola leggermente. Mi nascosi sul retro del dormitorio, sicuro che nessuno mi avrebbe trovato, sempre che qualcuno mi stesse cercando.

Quello stupido giornalino... le cose stavano andando bene ultimamente, e invece ora era iniziata quella storia della squadra di baseball. Tra tutti gli sport di squadra, proprio quello dovevano scegliere?

Tenevo saldamente in mano il mio volumetto della Bibbia, ma non mi arrischiai ad aprirlo, temendo che si rovinasse con qualche gocciolone di pioggia; decisi di infilarmelo nella tasca posteriore dei pantaloni, chiudendomi poi il cappotto intorno alla vita per proteggerlo.

Poi mi inchinai, raccolsi un mucchietto di neve e lo compattai in una palla dalle dimensioni identiche a una da baseball. Alzai un ginocchio e, mirando a un particolare mattone dell'edificio di fronte, la lanciai con tutta la forza di cui ero capace. Mancai il bersaglio di diversi centimetri, ma non persi minimamente l'equilibrio. A pensarci bene, già durante la guerra di palle di neve con Ralph non avevo avuto nessun problema in quel senso. Ero riuscito a lanciare, correre e tuffarmi senza alcun capogiro. L'ultima volta che avevo testato nel vero senso della parola le mie condizioni fisiche era stata a casa, con il pallone da calcio. Dopo i risultati pessimi nelle prove con papà, e poi ancora dopo la partita con Patrick e Tyrone, che senso aveva tentare ancora?

Preparai un'altra pallina, ignorando quanto fosse fredda, anzi gustandomi il senso di addormentamento che mi provocava alle mani mentre caricavo il lancio. Stavolta mi avvicinai di parecchio all'obiettivo, così mi inchinai immediatamente per provare una terza volta.

Mi concentrai, immaginando di avere Patrick inginocchiato davanti a me, con il guantone ben aperto e l'altra mano nascosta tra le gambe a suggerirmi vari tipi di lanci. Mentalmente, scossi la testa sia al suggerimento di una knuckle ball che a quello di uno slider. Quando invece chiamò immaginariamente una dritta, annuii leggermente.

Così lanciai, e istintivamente, ancor prima che la pallina si polverizzasse contro il mattone che avevo scelto, sapevo già di aver preso bene la mira. Mi lasciai andare a una breve esultanza, saltellando e alzando le braccia al cielo.

CAPITOLO QUARANTADUE

Sabato mattina, quando scesi in cucina, capii subito che i miei genitori stavano tramando qualcosa. Nessuno dei due aveva toccato la colazione, limitandosi a fissarmi con un'aria speranzosa.

– Che vi prende?

«Siediti,» segnò papà.

Obbedii, ripetendo la domanda con i segni.

«Abbiamo appena scoperto che l'assicurazione sanitaria di tuo padre potrebbe coprire i costi di un intervento per inserirti l'impianto cocleare. Sai che cos'è?» Segnò la mamma.

Ne avevo sentito parlare di tanto in tanto. Con un cenno della testa, risposi: «Qualche ragazzino a scuola lo porta». Si trattava di un apparecchio acustico in grado di stimolare dei nervi all'interno dell'orecchio, e di captare i suoni con un microfono. Quest'ultimo poi inviava i suoni a un processore, come se fosse un minuscolo computer. I suoni venivano infine codificati e inviati all'impianto.

«Volevamo parlartene da un po' di tempo,» spiegò papà, «ma non l'avevamo ancora fatto perché non eravamo sicuri se l'assicurazione avrebbe coperto i costi o meno. Sarebbe stato troppo costoso, e tra l'altro non fornisce alcuna garanzia».

«Lo dicono spesso sulle chat per sordi,» segnai.

«Allora saprai che, oltre ai molti vantaggi, ci sono anche diversi rischi,» avvertì la mamma.

«Sì, lo so». L'impianto viene inserito in una delle ossa del cranio. Su Internet mi era capitato di vedere alcuni casi in cui l'impianto si era infettati qualche giorno dopo l'intervento, il che comportava dover tornare una seconda volta sotto i ferri per rimuoverlo. Per alcuni pazienti non aveva proprio funzionato, così i dottori erano stati costretti a riaprire loro la testa per capire quale fosse il problema. Insomma, se si fosse trattato di un solo intervento, avrei potuto anche farci un pensierino... ma sapere che c'era anche la possibilità di un secondo non mi entusiasmava granché.

«Volevamo solo sapere se potesse interessarti l'idea,» segnò papà. «Il dottor Allen ci ha fatto i nomi di due o tre posti in cui potremmo andare a chiedere, in caso. Se decidi di provare, però, sappi che potrebbe passare anche un anno prima dell'intervento».

«Un anno?» Praticamente quasi una vita. «Non saprei. Voi cosa fareste?»

Papà scosse la testa. «Non mi sento di dirti nulla. Non sono io che devo farlo».

La mamma, stringendosi nelle spalle, mi fece capire che la pensava allo stesso modo.

Non furono molto di aiuto. In teoria, la sola idea di avere anche la minima chance di poter riacquistare l'udito sarebbe dovuta bastare; invece, rendeva solamente le cose più misteriose e confuse. «Chiederò a Dio allora,» annunciai.

I miei mi guardarono inclinando la testa nello stesso momento. «Tu preghi?» Chiese papà.

Per qualche motivo mi sentii in imbarazzo. Forse non avrei dovuto dirlo ad alta voce. – Il nonno mi ha mandato una Bibbia –. Era da tanto che non parlavo, e non avevo più la minima idea di come suonasse la mia voce. Avrei voluto poterla sentire di nuovo, anche solo una volta.

«E l'hai letta?» Domandò la mamma.

«Un po'. Ma principalmente ho pregato. È un problema?»

Come qualche istante prima, entrambi sorrisero contemporaneamente, neanche fossero comandati da un solo cervello. Sempre all'unisono risposero: «Certo che no».

«In realtà, vorrei anche iniziare ad andare a messa la domenica. Ci pensavo da un po'. Non sono sicuro di capire in fondo determinate cose, ma vorrei saperne di più,» dissi, tornando ai segni.

«Certo. Forse dovremmo farlo tutti,» rispose papà.

«Papà... posso iniziare con le procedure per l'impianto e poi, se è tutto a posto, decidere quando sarà il momento?»

Non rimasi sorpreso nel vedere gli occhi della mamma gonfiarsi di lacrime. Era un evento che si era ripetuto fin troppo spesso dall'estate scorsa, mi ci stavo quasi abituando. Significava che ci teneva a me. Come avrei potuto arrabbiarmi per questo?

«Stai diventando così maturo,» disse con un'aria orgogliosa in volto.

Alzai gli occhi al cielo. «Ho solo bisogno di un po' di tempo per riflettere e pregare».

Il giorno dopo andammo a messa. Dopo esserci seduti in una delle lunghe panche in legno, vidi passare Jessica

Ketchum, la compagna di classe di mia sorella, spinta su una carrozzella da suo padre.

Quando Patrick a settembre mi aveva accennato del suo incidente, in seguito avevo chiesto più informazioni alla mamma. Era un sabato pomeriggio, e Jessica e sua madre stavano tornando a casa dal supermercato. Un ubriaco alla guida passò col rosso, schiantandosi contro la loro auto. La madre di Jessica, che non portava la cintura di sicurezza, venne sbalzata fuori dal parabrezza e morì sul colpo. Jessica invece rimase intrappolata tra le lamiere per diverse ore prima che i pompieri riuscissero a liberarla. Ne uscì con la colonna vertebrale spezzata, e secondo i dottori non sarebbe più stata in grado di camminare. L'uomo alla guida dell'altro veicolo non si fece un graffio.

Vidi Jessica dire qualcosa al padre, poi entrambi guardarono nella nostra direzione e ci salutarono, per poi avvicinarsi. Brenda e Jessica si lanciarono immediatamente in una fitta conversazione, mentre mio padre e il suo scambiavano due parole. La mamma mi mise un braccio intorno alle spalle.

Osservai le labbra di Jessica formare parole, sorridere. Sul suo viso non c'era la minima ombra di risentimento, o di rabbia. E, per quel che mi riguarda, se c'era qualcuno che aveva tutto il diritto di avercela con il mondo intero, quel qualcuno era lei.

Non riuscii a smettere di guardarla. Più che arrabbiata, sembrava... speranzosa?

Proprio come me, aveva deciso di venire in chiesa e parlare con Dio, forse sperando anche lei di avere delle risposte.

CAPITOLO QUARANTATRÉ

APRILE

DALLA FINESTRA DELLA MIA STANZA DI DORMITORIO MI misi a contemplare il cielo che, carico di nuvole grigie, ricordava una gigantesca nave da guerra. Con le farfalle nello stomaco mi diressi alla cassettiera e frugai nello scomparto dei calzini, alla ricerca dei pacchetti di figurine che mi aveva mandato il nonno mesi addietro.

Strappai l'involucro e mi misi un paio di gomme da masticare in bocca. Tenere la mandibola impegnata mi aiutava a mantenere la concentrazione e a non pensare a ciò che mi stava causando tutta quell'ansia.

Diedi una rapida controllata alle figurine: il lanciatore e il ricevitore degli Yankees, un esterno dei Red Sox e la seconda base dei Diamondbacks. Mi era andata bene. Sarebbero state una gran bella aggiunta alla collezione che custodivo gelosamente sotto il letto di casa mia; per il momento, decisi di riporle nell'aletta anteriore del libro che mi aveva mandato il nonno. Poi mi precipitai in cortile.

Fermo all'ingresso del dormitorio, mi guardai intorno fino a trovare Samantha e Brian, che mi salutarono non appena i nostri sguardi si incrociarono. Io provai ad abbozzare un sorriso, ma non ero ancora pronto a raggiungerli: una parte di me voleva tornare dentro e vomitare nel primo bagno disponibile, così magari mi sarei sentito un po' meglio. Il problema era che non avevo molto tempo: se dovevo farlo, dovevo farlo lì fuori, sull'aiuola più vicina. Non avevo tempo di cercare in bagno.

Pochi istanti dopo, a lato dell'edificio del nostro dormitorio, vidi anche Ralph. «Sbrigati,» segnò, sottolineando la propria impazienza con un'espressione a dir poco tesa.

Con un profondo respiro, mi avviai verso di lui. «Viene anche tuo padre?»

«Mio padre?» Ralph non riuscì a trattenere un'amara risata. «Ne dubito. Mio padre viene solo quand'è obbligato, o quando deve venire a prendermi per il fine settimana».

Facevo fatica a crederci. Non potevo lontanamente immaginare come sarebbe stato avere una famiglia che non mi supportava. «Perché dici così?»

«Perché è vero,» continuò lui. «A momenti nemmeno mi credeva quando gli ho detto che sarei entrato nella squadra di baseball. Si è convinto solo quando mi ha visto portare a casa la divisa. Sai cosa mi ha detto, poi? "L'unica cosa che riesco a immaginarti fare è metterti nei guai". Ecco cosa ha detto».

Girato l'angolo del dormitorio, rimasi di stucco nel vedere quante persone fossero venute ad assistere. Rimasi gelato sul posto. Gli spalti intorno al diamante erano gremiti, proprio come quando giocavo nella Little League a Batavia.

«Che ti prende?» Chiese Ralph.

Individuai subito la mamma, papà e Brenda, ma non mi aspettavo di vedere anche Patrick e tutti i miei nonni, ammassati nelle file più vicine alla linea di prima base. Deglutii lentamente, nel tentativo di sbloccare il nodo che mi attanagliava la gola. Pochi istanti dopo ci raggiunsero Samantha, Brian e Kyle. Il mio compagno di stanza mi abbracciò forte, per poi dirmi con i segni: «In bocca al lupo». Lo ringraziai spettinandogli affettuosamente i capelli. Samantha mi schioccò un bacio sulla guancia, rivolgendomi un caldo sorriso. Brian si limitò a un pugnetto sul braccio, segnando: «Falli neri».

«Aspetta, ho qualcosa per te,» dissi a Samantha prima che si allontanasse con gli altri. Dallo zainetto che mi ero portato, tirai fuori un secondo berretto con le iniziali della nostra scuola. «Me lo sono fatto dare dal coach».

«È per me?»

Glielo infilai e diedi un colpetto scherzoso sulla falda. «Ti sta bene».

«È bellissimo. Grazie,» segnò lei. Poi prese la mano a Kyle e, affiancata da Brian, corse attraverso il diamante fino agli spalti, dove i miei genitori si strinsero per far loro posto. Kyle si sedette vicino a Brenda, che mi lanciò un sorriso. Le sorrisi brevemente di rimando.

I miei nonni agitarono le mani per attirare la mia attenzione. Poi si alzarono in piedi, sollevarono le braccia e piegarono rapidamente le mani avanti e indietro: era il segno con cui i sordi applaudivano. Si alzò anche Patrick, che mi rivolse un pollice all'insù. Mentre mi dirigevo sul monte del lanciatore insieme a Ralph, feci altrettanto. Il mio migliore amico si unì agli applausi dei miei famigliari. Avrei tanto voluto che fosse con me lì sul campo, a farmi da ricevitore come ai vecchi tempi.

Aguzzando la vista tra il pubblico, notai che c'erano anche la signora Campbell e la signorina Funnel. Il dottor Stein era in piedi dietro la recinzione, nei pressi della casa base. Li salutai tutti con la mano.

Ralph mi diede una pacca sulla spalla. Ci stringemmo la

mano in segno di buona fortuna, dopodiché lui si andò a sistemare in prima base. Giocavamo contro la St. Mary, una scuola di ragazzi senza problemi di udito che l'anno precedente era rimasta imbattuta.

In attesa che il primo battitore si posizionasse, mi guardai intorno. Tutti i miei compagni comunicavano tra loro con la lingua dei segni, per confermare di essere pronti. Quando lo chiesero a me, annuii a ciascuno di loro.

Nel momento in cui il mio ricevitore mi suggerì un lancio appropriato, gli sorrisi con un cenno della testa.

Knuckle ball, primo strike. Slider, secondo strike. Palla curva, terzo strike. Fuori uno.

Presi a saltare dalla gioia. Mi sentivo sulla cima del mondo. Spostando lo sguardo verso gli spalti, notai che stavano tutti piegando le mani avanti e indietro. Quell'applauso muto mi travolse come uno normale. Me ne beai.

Il secondo battitore era più grosso, e sembrava avere decisamente più di dodici anni. Attesi il segnale, scelsi il tiro e lo lasciai partire con tutta la forza che avevo; il battitore si mosse e fece partire un pop. La palla si diresse verso la linea di prima base, quindi mi girai a vedere Ralph mentre, indietreggiando, la superava. Sarebbe stata una battuta foul, ma lui non si arrese: aprì il guantone e si lasciò andare all'indietro, riuscendo ad acciuffarla nel momento in cui cadde a terra. Era riuscito a fare il secondo out. Con la palla saldamente nel guantone, che teneva alto sopra la testa, si rimise subito in piedi e tornò in prima base, pronto a lanciarmela. Visibilmente su di giri, si girò a guardare il pubblico che continuava a fare il tifo per noi sugli spalti.

Quando il suo sorriso svanì di colpo, guardai nella stessa direzione per capire cos'avesse visto. Tra il pubblico c'era suo padre. Teneva l'onnipresente cellulare all'orecchio, ma la sua attenzione era finalmente rivolta al figlio, e addirittura gli fece un "ok" con la mano. Tornando a guardare Ralph, lo vidi di sfuggita mentre si asciugava gli occhi.

Io invece non mi preoccupai di fare lo stesso con i miei: avevo represso le emozioni fin troppo a lungo. Sì, molte cose erano cambiate, ero diventato sordo. Ma ero ancora Mark Tanner, avevo ancora dei sogni, delle aspirazioni. Il baseball era ancora una parte importante della mia vita, ma non rappresentava tutto.

Mi voltai verso il ricevitore, aspettando che chiamasse il segno giusto. Dal modo in cui fece qualche swing di riscaldamento, il nuovo battitore sul piatto dava l'idea di essere uno che colpiva forte. Ma non mi preoccupai più di essere il miglior lanciatore, né di vincere o perdere. Mi sentivo libero, come se di colpo si fossero spezzate delle catene invisibili che mi bloccavano da un tempo incalcolabile. Mi resi conto di quanto fossi fortunato, e mi concentrai solo sul gioco. Sapevo già che avrei dato il massimo: perché dovevo sempre farmi abbattere da aspettative esagerate?

Caricai il tiro più forte che mi riuscì.

La palla volò come un razzo verso il ricevitore.

Il battitore ondeggiò...

Caro lettore,

Speriamo che questo titolo ti sia piaciuto. Ti saremmo molto grati se potessi dedicarci un momento per lasciare una recensione, anche se breve. La tua opinione è davvero importante per noi.

Cordiali saluti,

Phillip Tomasso e il team di Next Chapter

Lightning Source UK Ltd.
Milton Keynes UK
UKHW022001020421
381458UK00003B/152